中外文学名作赏析

主　编：赵海燕
副主编：周　君　张永亮　杨　薇

苏州大学出版社
Soochow University Press

图书在版编目(CIP)数据

中外文学名作赏析/赵海燕主编. —苏州：苏州大学出版社，2014.6(2024.1 重印)
(职业院校学生人文社科知识读本)
ISBN 978-7-5672-0931-2

Ⅰ.①中… Ⅱ.①赵… Ⅲ.①文学欣赏—世界—高等职业教育—教材 Ⅳ.①I106

中国版本图书馆 CIP 数据核字(2014)第 122599 号

中外文学名作赏析
赵海燕 主编
责任编辑 刘一霖

苏州大学出版社出版发行
(地址：苏州市十梓街 1 号 邮编：215006)
常州市武进第三印刷有限公司印装
(地址：常州市武进区湟里镇村前街 邮编：213154)

开本 787 mm×1 092 mm 1/16 印张 9 字数 187 千
2014 年 6 月第 1 版 2024 年 1 月第 10 次印刷
ISBN 978-7-5672-0931-2 定价：29.00 元

苏州大学版图书若有印装错误，本社负责调换
苏州大学出版社营销部 电话：0512-67481020
苏州大学出版社网址 http://www.sudapress.com

职业院校学生人文社科知识读本

丛书编审委员会

参加编写学校名单(排序不分先后)

徐州经贸高等职业学校
徐州生物工程职业技术学院
连云港工贸高等职业技术学校
宿迁经贸高等职业技术学校
淮安生物工程高等职业学校
盐城技师学院
扬州高等职业技术学校
泰州机电高等职业技术学校
南通理工学院
南京财经大学
苏州旅游与财经高等职业技术学校
苏州农业职业技术学院
苏州职业大学
苏州工业园区职业技术学院
苏州工业园区工业技术学校
苏州经贸职业技术学校
德州职业技术学院
安徽工商职业学院
安徽广播影视职业技术学院
南昌航空大学
九江学院
上海李伟菘音乐学校
上海商业学校
上海师范大学天华学院
中山市中等专业学校
深圳职业技术学院

总 序

《国家中长期教育改革和发展规划纲要(2010—2020 年)》(以下简称《纲要》)中明确提出“要把育人为本作为教育工作的根本要求”;《教育部关于全面提高高等职业教育教学质量的若干意见》(教高[2006]16 号)中也明确指出“高等职业院校要坚持育人为本,德育为先,把立德树人作为根本任务”。其宗旨都要求高职教育的终极目标须以育人为本,为此,全面提升学生的人文素质就成为必然选择。

从人才和就业市场反馈的信息看,备受青睐的毕业生往往具备如下特点:道德素质较高,具备较强的事业心、责任感;有艰苦奋斗精神、奉献精神和创新精神;基础扎实,知识面宽;有较好的组织管理能力,善于处理人际关系等。从国家、社会和用人单位层面来讲,也都要求毕业生具备良好的道德修养、专业知识技能、职业心理、创新精神、团队合作能力、人际交往与沟通能力、承受挫折能力等综合素质。因此,高等职业院校在教育教学中必须结合学校实际,加强调研与分析,在学校的各项教育教学活动中多渠道、多方位地加强学生人文素质的教育与培养。

在高职院校的专业设置中,人文素质课程是薄弱环节。要想培养出“既具有过硬的专业知识和岗位技能,又具有远大的个人理想和良好的道德风尚”的毕业生,必须进行课程体系的改革和创新,同时要加强人文素质教育的研究与总结;在课程设置上做到人文素质课程与职业技能课程并重,善于发现人文素质教育的素材和切入点,并根据学校自身的特点设置人文素质教育课程。

1. 改革课程体系,完善人文教育

人文素质教育课程体系的构建必须以马克思主义为指导,突出文理渗透、工管结合的学科交叉特点,全面提高学生的人文素养。此外,课程体系的构建还必须从实际出发,考虑课程的相对系统性和完整性,考虑师生的承受能力,考虑理工科院校的特殊性,使课程体系改革具有可操作性。课程体系除了开设人文学科的选修课和必修课外,还可以经常举办人文学术报告与讲座、职业生涯规划课程与就业创业指导讲座等。职业院校应结合高职生的心理特点和成长规律,成立心理健康咨询中心,建立心理健康咨询网站,通过多种形式进行心理健康教育的宣传和指导,让学生真正感受到人文关怀,培养人文情怀。

2. 专业课程渗透人文教育

人文教育不仅仅体现在人文课程的教学中,在专业课程教学中同样可以处处渗透着人文精神,同样可以进行人文教育。在专业教学中,要让学生了解与专业相关的真实的历史背景、自然和谐的文化精神、真善美的文化底蕴等人文方面的知识,在专业技能的应用中处处展示这些人文精神,从而进一步激发学生学习专业的兴趣与热情,夯实专业基础,加强专业技能和人文素质的共同培养。

3. 综合考核,协调运转

高职教育要适应社会的发展,必须让教育系统内的各个子系统及各个要素之间协调运转,形成技能教育和人文素质教育的合力。要建立科学的人文素质培养评估体系,明确每门课程的职业人文素质教育目标,完善对学生在人文社科知识、思想道德、社会活动参与等多方面的考核指标及人文素质测评,在产、学、研中渗透、融合人文素质的培养,将素质考核纳入整个考试考核体系。

《纲要》中还指出:"职业教育要面向人人,面向社会,要着力培养学生的职业道德、职业技能和就业创业能力。"因此,职业教育的主旋律是"育人"而非"制器",不应只要求学生掌握技能,也需培养学生富有人文素养,兼具对国家和社会的责任感。高职院校应通过建设多种符合自身特色的人文素质教育的路径,把学生培养成高技能与全素质的人才,从而适应社会和企业对人才的需求。

这套"职业院校学生人文社科知识系列读本"正是基于这样的理念和出发点而编写的,不过分追求学科的系统性、完整性,强调从学生的实际出发,重点突出文学、历史、地理、音乐、美术、书法、传统文化、职业规划等人文学科的基础知识,力求深入浅出,雅俗共赏,融知识性和趣味性于一体,使学生在阅读中感悟人生,体会关怀,于无形中得到精神熏陶和境界升华。

我们希望这套丛书的出版能够为高职院校开展人文素质教育做出有益的贡献,并通过试用、修订,反复锤炼,能够更具特色,并广受师生的欢迎,成为人文素质教育的精品图书。

我们也希望通过系列教材的编写、出版,能锻炼、培养一批专注于职业院校素质教育教学的教师群体,使其能成为推动学校实施素质教育建设的骨干力量,从而全面促进职业院校素质教育工作更有声有色、卓有成效地展开。

丛书编委会

前言
Preface

——给未来一些准备

这是一个崇尚知识和能力的时代。国家策略的调整必然带来职业教育的革命性的风暴。2014 年的今天,接受职业教育的洗礼已成为一种自觉而充满希望的明智之举。

“为谋个性之发展,为个人谋生之准备,为个人服务社会之准备,为国家及世界增进生产力之准备”“使无业者有业,使有业者乐业”是新世纪职业教育追寻的终极价值。

可教育是一副重担。钱学森曾在病榻上喟叹中国教育为什么培养不了杰出的人才?对教育的肤浅认知、对教育 GDP 的疯狂追逐使教育变得功利。课程设置保守单一、一味强调技能第一等诸多弊端正是造成职业院校学生人文视野和职业素养缺失的重要原因。

为了让学生们在冲刺之际,能及时而确凿地听到迥然于课本知识的另一种声音,我们编写了此书。我们期望通过文学的视角,不断尝试对职业院校学生们人文视野和职业素养的培养,以期为职业院校学生们充满潜质的未来提供全方位的优质思想及行动营养。在此书中我们始终追求的目标正是“引领”二字:不用居高临下的权威语式空洞地说教,更不会忽视学生对人类美好感情和灿烂智慧的探究,力争在有限的文学篇章的展示中正面应对职业院校学生的人文渴求和职业素养的提升。这也是我们对某种阅读理想的预设:若我们的学生能在此书中寻求到灵魂的共鸣和对未来的行动指南,这当是我们梦寐以求的。

因为编写时间有限,粗糙在所难免,但此书选题充实而真诚,从“烂漫诗情”到“言为心悟”,从“人情世故”到“戏说人生”共计四个篇章,每篇选文、每个文字都凝聚着编者的期望。在此,也感谢苏州大学出版社,感谢阅读此书的读者们!

编　者

目录

Contents

Part 1

烂漫诗情

001/

Part 2
言为心悟

041/

Part 3
人情世故

075/

Part 4
戏说人生

107/

烂漫诗情

Part 1

诗歌是一位蒙着面纱的美丽女子，富有魅力。通过她，你将和伟大诗人进行心灵交流，与伟大灵魂相遇、碰撞。她也是一条时间的隧道，可以让你徜徉在诗歌的长河中，沐浴知识的阳光，汲取文化的营养。

让我们在这条时间的隧道里，共同去寻访这名神秘的女子，一起去领略诗歌的无穷魅力吧！

1．关　　雎

《诗　经》

知人论世

《诗经》是我国最早的一部诗歌总集，共收录周代诗歌305篇。原称"诗"或"诗三百"，汉代儒生始称《诗经》。现存的《诗经》由汉朝毛亨传下来，所以又叫"毛诗"。

《诗经》中的诗，当时都是能演唱的歌词。按所配乐曲的性质，《诗经》分成风、雅、颂三类。"风"包括周南、召南、邶、鄘、卫、王、郑、齐、魏、唐、秦、陈、桧、曹、豳等15国风，大部分是黄河流域的民歌，小部分是贵族加工的作品，共160篇。"雅"包括小雅和大雅，共105篇。"雅"基本上是贵族的作品，只有小雅的一部分来自民间。"颂"包括周颂、鲁颂和商颂，共40篇。颂是宫廷用于祭祀的歌词。一般来说，来自民间的歌谣生动活泼，而宫廷贵族的诗作相形见绌，诗味不浓。

《诗经》是中国韵文的源头，是中国诗史的光辉起点。它形式多样，史诗、讽刺诗、叙事诗、恋歌、战歌、颂歌、节令歌以及劳动歌谣样样都有。它内容丰富，对周代社会生活的各个方面，如劳动与爱情、战争与徭役、压迫与反抗、风俗与婚姻、祭祖与宴会，甚至天象、地貌、动物、植物等各个方面都有所反映。可以说《诗经》是周代社会的一面镜子。

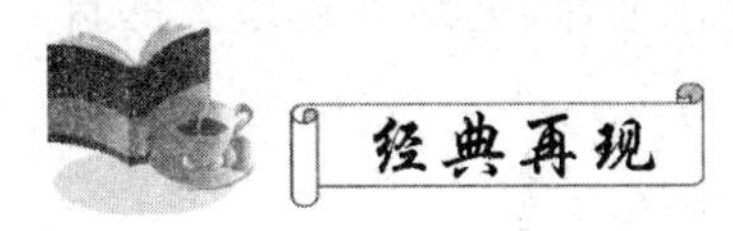

经典再现

关　　雎

关关雎鸠，在河之洲。窈窕淑女，君子好逑。
参差荇菜，左右流之。窈窕淑女，寤寐求之。
求之不得，寤寐思服。悠哉悠哉，辗转反侧。
参差荇菜，左右采之。窈窕淑女，琴瑟友之。
参差荇菜，左右芼之。窈窕淑女，钟鼓乐之。

[译文]　雎鸠关关在歌唱，在那河中小岛上。善良美丽的少女，小伙理想的对象。长长短短鲜荇菜，顺流两边去采收。善良美丽的少女，朝朝暮暮想追求。追求没能如心

愿，日夜心头在挂牵。长夜漫漫不到头，翻来覆去难成眠。长长短短鲜荇菜，两手左右去采摘。善良美丽的少女，弹琴鼓瑟表宠爱。长长短短鲜荇菜，两边仔细来挑选。善良美丽的少女，钟声换来她笑颜。

赏情析理

雎鸠的阵阵鸣叫诱动了小伙子的痴情，使他独自陶醉在对姑娘的一往情深之中。种种复杂的情感油然而生，渴望与失望交错，幸福与煎熬并存。一位纯情少年热恋中的心态在这里表露得淋漓尽致。成双成对的雎鸠就像恩爱的情侣，看着它们在河中小岛上相依相和的融融之景，小伙子的眼光被采荇女吸引。诗人在这里采用“流”“采”等词描述了小伙子的心理变化过程。

诗中许多句子都蕴含着很深很美的含意，千古传颂的佳句有“窈窕淑女”，既赞扬她的“美状”，又赞扬她的“美心”，可说是前后呼应，相辅相成。又如“辗转反侧”，极为传神地表达了恋人的相思之苦，后来白居易《长恨歌》“孤灯极尽难成眠”，乔吉《蟾宫曲 · 寄远》“饭不沾匙，睡如翻饼”，都是从这里化出的名句。而最后一句“钟鼓乐之”，更是“千金难买美人笑”此类的故事的原本。通过这不知名的作者的笔，我们完全被这朴实的恋情和美丽如画的场景感动了。

这首诗的表现手法属于《诗经》咏物言志三法案——赋、比、兴之一的兴，即从一个看似与主题无关的事物入手，引出心声，抒泄胸臆。本诗语汇丰富，如使用“流”“求”“采”“友”等动词，“窈窕”“参差”等形容词，显示了诗人的文学技巧。全诗朗朗上口，韵律和谐悦耳。其中有双声，有叠韵，有“之”字脚的复韵，加上对后世七律、七绝影响最大的首句韵式，使得本篇堪称中国古代韵律诗的开山之作。

吾思吾悟

2. 长歌行

《汉乐府》

知人论世

汉乐府中的"乐府"原是古代掌管音乐的官署。秦及西汉辉帝时都设有"乐府令"。汉武帝时的乐府规模较大,其职能是掌管宫廷所用音乐,兼采民间歌谣和乐曲。魏晋以后,将汉代乐府机关所搜集演唱的诗歌统统称为乐府诗。

汉乐府创作的基本原则是"感于哀乐,缘事而发"(《汉书·艺文志》)。它继承了《诗经》现实主义的优良传统,广阔而深刻地反映了汉代的社会现实。汉乐府在艺术上最突出的成就表现在它的叙事性方面。其次是它善于选取典型细节,通过人物的言行来表现人物性格。其形式有五言、七言和杂言,尤其值得重视的是汉乐府已产生了一批成熟的五言诗。流传下来的汉代乐府诗,绝大多数已被宋朝人郭茂倩收入他编著的《乐府诗集》中。

经典再现

长歌行

青青园中葵,朝露待日晞。
阳春布德泽,万物生光辉。
常恐秋节至,焜黄华叶衰。
百川东到海,何时复西归?
少壮不努力,老大徒伤悲。

[译文] 园中的葵菜郁郁葱葱,晶莹的朝露阳光下飞升。春天把希望洒满了大地,万物都呈现出一派繁荣。常恐那肃杀的秋天来到,树叶儿黄落,百草也凋零。百川奔腾着东流到大海,何时才能重新返回西境。少年人如果不及时努力,到老来只能是悔恨一生。

赏情析理

这是汉代乐府古诗中的一首名作。这首诗从“园中葵”说起，再用水流到海不复回打比方，说明光阴如流水，一去不再回。最后劝导人们要珍惜青春年华，发愤努力，不要等老了再后悔。这首诗借物言理，首先以园中的葵菜作比喻，“青青”喻其生长茂盛。其实在整个春天的阳光雨露之下，万物都在争相努力地生长。何以如此？因为它们都害怕秋天很快地到来，深知秋风凋百草的道理。大自然的生命节奏如此，人生又何尝不是这样。一个人如果不趁着大好时光努力奋斗，白白地浪费青春，等到年老时后悔也来不及了。这首诗由眼前青春美景想到人生易逝，鼓励青年人要珍惜时光，出言警策，催人奋起。

诗中用了一连串的比喻来说明应该好好珍惜时光，及早努力。诗的前四句向我们描绘了一幅明媚的春景，园子里绿油油的葵菜上还带着露水，朝阳升起之后，晒干了露水，葵菜又沐浴在一片阳光中。世上的万物都在春天受到大自然雨露的恩惠，焕发出无比的光彩。可是，秋天一到，它们都要失去鲜艳的光泽变得枯黄衰落。万物都有盛衰的变化，人也有由少年到老年的过程。时间就像大江大河的水一样，一直向东流入大海，一去不复返了。我们在年少力壮的时候如果不珍惜时光，不好好努力的话，到老的时候就只能白白地悲伤了！

吾思吾悟

3. 观沧海

曹 操

知人论世

曹操（155 年—220 年），字孟德，沛（pèi）国谯（qiáo）县（今安徽亳[bó]县）人，三国著名的政治家、军事家和诗人。曹操一生跃马扬鞭、南征北战，但手不释卷，雅爱文学。他的诗继承了《诗经》和汉乐府的现实主义传统，以乐府古题写时事、抒怀抱，体现了一个政治家的思想情怀。

曹操的诗歌格调慷慨悲凉、沉郁雄健、豪迈纵横；语言古朴刚健，善用比兴。曹操的散文主要是表、令类的实用性文件，在内容和形式上很少受传统的束缚，下笔无所顾忌，具有自由通畅、质朴简约的风格，被鲁迅誉为"改造文章的祖师"。

《观沧海》是曹操《步出夏门行》的首章。东汉建安年间，曹操借许攸之计，以少胜多，击退了他在北方的主要对手——大军阀袁绍。袁绍残部逃到乌桓（当时辽东半岛上的一个少数民族政权），想得到乌桓的支持，以求东山再起。曹操乘胜追击，征讨乌桓。东汉建安十二年，即公元 207 年，曹操挥鞭北指，所向披靡，大败乌桓。归途中，曹操登上碣石山（位于今河北省东亭县西南的大碣石山。此山现已不存，相传已沉入大海），观看沧海壮丽景色。此时，曹操踌躇满志，意气昂扬，挥笔即书，便有了《观沧海》一诗。

经典再现

观沧海

东临碣石，以观沧海。
水何澹澹，山岛竦峙。
树木丛生，百草丰茂。
秋风萧瑟，洪波涌起。
日月之行，若出其中。
星汉灿烂，若出其里。
幸甚至哉，歌以咏志。

[译文] 东征登上了碣石山,正好来观赏茫茫渤海的景象。大海被微风吹拂,海水是那样的动荡不定,海边山岛挺拔竦立。树林密密层层地生长着,遍山的野草长得丰满茂盛。清冷的秋风多有力,滔天的巨浪涌起。日月升沉,如同从大海的怀抱中出入。银河灿烂的光辉,好像从大海的心窝里放射出来。庆幸得很,于是我作歌来歌咏我的志向。

赏情析理

诗的开头两句点出了诗人观望沧海的地点——碣石山,其中的"临""观"二字传达出了诗人跃马扬鞭、高瞻远瞩的昂扬气概。此时的曹操所向披靡,得胜而归,踌躇满志,意气昂扬,雄心勃勃,气吞山河,一副"得志才子"的形象。后面六句实写观海之所见,意思是"海水荡漾多么辽阔,山岛耸立于水的中间。树木葱葱遍地生,百草繁密又茂盛。阵阵秋风瑟瑟响,激起大海滔天浪"。沧海之景,在曹操看来,是多么的辽阔壮丽啊!

这首诗写景由近及远,由实到虚,动静结合,虚实并用,层次分明,状尽大海浩淼无垠、吞吐日月的宏大气势,实际上是极写诗人那如"沧海"般的情怀,抒发了诗人决心消灭所有残敌,誓统中国的壮志豪情。

全诗句句写景,实则句句抒情,诗人把自己远眺大海时涌上心头的那种豪情壮志寄寓在景物的描写之中,"一切景语皆情语",本诗很好地体现了写景诗的这一特点,堪称写景诗的上品,也应是诗歌、散文等文学作品写景和我们作文写景状物的典范。

吾思吾悟

4. 归园田居(之三)

陶渊明

知人论世

陶渊明(约365—427),字元亮,又名潜,世称靖节先生,浔阳柴桑(今江西九江西南)人。陶渊明出身于一个没落的仕宦家庭。曾祖陶侃曾任东晋大司马,父祖均曾任太守一类官职。母亲是东晋名士孟嘉的女儿。陶渊明八岁丧父,家道衰落,日渐贫困。曾几度出仕,任过祭酒、参军一类小官。四十一岁时弃官归隐,从此躬耕田园。他以田园生活为题材进行诗歌创作,是田园诗派的开创者。诗风平淡自然,极受后人推崇,影响深远。

《归园田居》共五首,本诗为第三首,作于作者辞彭泽令归隐田园的次年。是年,陶渊明四十二岁。陶二十九岁初仕,始终不得志,几仕几隐,自从彭泽弃官归隐,便再未出仕。这首诗抒写了诗人归田后的欢悦心情,描绘了和平怡静的农村景物,表现了诗人摆脱官场羁绊后的闲情逸趣,从侧面批判了现实的污浊和黑暗,表达了诗人对自由欢乐生活的热烈追求。

经典再现

归园田居(之三)

种豆南山下,草盛豆苗稀。
晨兴理荒秽,带月荷锄归。
道狭草木长,夕露沾我衣。
衣沾不足惜,但使愿无违。

[译文] 南山坡下有我的豆地,杂草丛生,豆苗长得很稀。清晨我下地松土除草,星月下我扛着锄头回家歇息。草木覆盖了狭窄的归路,夜露打湿了我的粗布上衣。衣服湿了又有什么可惜,只求我那心愿至死不移。

赏情析理

这是一首脍炙人口的田园诗。这首短诗十分细腻生动地描写了诗人对农田劳作的体验。豆种下后经意观察豆苗长势，看见的是稀疏的豆苗。豆长得不好，显见种豆人不在行，不过，对陶渊明来说，有这样的成绩也觉满足了，这是一种诙谐的心境。我们可以想见诗人看着田中的豆苗和杂草时自嘲的微笑。于是他只得起早贪黑地“理荒秽”了。“带月荷锄归”句写得极为精彩，极富情致：明月高挂天际，月影却伴着他——荷锄晚归的“老农”。辛苦的劳动化作无限的生活乐趣。夹道而生的茂密的草木，沾湿衣裳的露水，都使这劳动的生活增添了生气。

诗的最后一句“衣湿不足惜，但使愿无违”，使这首田园诗不止停留在对劳动乐趣的体味上，更进一步点了题。种豆长草也罢，早出晚归也罢，夕露沾衣也罢，都在所不惜，只要趁了心愿就好。这“愿”是什么呢？就是找到了一种理想的生活方式，它很像古代“日出而作，日入而息”的自然生活。

这首诗的“种豆南山下”两句用了典故。《汉书·杨恽传》：“田彼南山，芜秽不治。种一倾豆，落而为箕。人生行乐耳，须富贵何时。”但是陶渊明用典，使人简直不以为他在用典，这是用典的高明之处。这种用典使典实所包含的内容与作品内容完全融合。作品既因用典而使诗句的含蕴更为深远，又不因用典而使诗句失去真淳的情意。这也就是陶诗既清淡而又不失典雅的缘故。

吾思吾悟

5．行路难

李　白

知人论世

李白（701—762），字太白，号青莲居士。祖籍陇西成纪（今甘肃省天水县附近）。李白出身在中亚的碎叶城（今吉尔吉斯斯坦境内）一个商人的家庭里。李白5岁那年，突厥人入侵碎叶，举家东迁，来到蜀中绵州昌隆县（今四川江油县）青莲乡定居。他从小聪颖过人，不少书他看一两遍就印在脑海里。李白除向书本学习外，还重视向社会学习。他一生出三峡，入湖北，游洞庭，登庐山，下扬州，走中原，访东鲁，进山西……走遍了祖国的大多数省份，寻访名胜古迹，拓宽了自己的知识领域，为他的诗篇提供了书写不完的素材。

天宝元年（742），唐玄宗召见李白，并让他当了翰林供奉，专门在宫廷里写作诗文。李白本以为他那治理天下的宏图伟愿很快可以实现，但腐败的朝政使他逐渐清醒地认识到皇帝根本没有认真听取过他的治国策，只把他作为“帮闲”文人对待罢了。那些达官显贵更是把他当作眼中钉，处处与他作梗。李白极为失望，主动要求离开朝廷，又开始了漫游和创作生涯，写下了许多脍炙人口、万古传颂的诗篇。

李白的诗歌现存九百九十多首，豪迈奔放，别具一格。尽管李白有的诗歌也隐含着人生如梦、纵酒狂欢的颓丧情绪，但不满于社会和政治的黑暗，追求身心自由和解放的昂扬向上的精神是他诗篇的主旋律。李白是中国文学史上最伟大的诗人之一，与杜甫并称“李杜”，对后代的诗歌创作产生了深远的影响。

经典再现

行路难

金樽清酒斗十千，玉盘珍羞直万钱。

停杯投箸不能食，拔剑四顾心茫然。

欲渡黄河冰塞川，将登太行雪满山。

闲来垂钓碧溪上，忽复乘舟梦日边。
行路难，行路难，多歧路，今安在？
长风破浪会有时，直挂云帆济沧海。

[译文] 金杯里装的名酒，每斗要价十千；玉盘中盛的精美肴菜，收费万钱。胸中郁闷呵，我停杯投箸吃不下；拔剑环顾四周，我心里委实茫然。想渡黄河，冰雪堵塞了这条大川；要登太行，莽莽的风雪早已封山。像吕尚垂钓碧溪，闲待东山再起；又像伊尹做梦，他乘船经过日边。世上行路呵多么艰难，多么艰难；眼前歧路这么多，我该向北向南？相信总有一天，能乘长风破万里浪；高高挂起云帆，在沧海中勇往直前！

赏情析理

这是李白所写的三首《行路难》的第一首。

诗的前四句写朋友出于对李白的深厚友情，设下盛宴为之饯行。停、投、拔、顾四个连续的动作，形象地表现了李白内心的苦闷抑郁和感情的激荡变化。

接着两句紧承“心茫然”，正面写“行路难”。诗人用“冰塞川”“雪满山”象征人生道路上的艰难险阻，具有比兴的意味。一个怀有伟大政治抱负的人物，在受诏入京、有幸接近皇帝的时候，皇帝却不能任用，被“赐金还山”，变相撵出了长安，这不正像遇到冰塞黄河、雪拥太行吗！但是，李白并不是那种软弱的人，从“拔剑四顾”开始，就表示不甘消沉，而要继续追求。诗人在心境茫然之中，忽然想到两位开始在政治上并不顺利，而最后终于大有作为的人物：一位是吕尚，九十岁在磻溪钓鱼，得遇文王；一位是伊尹，在受汤聘前曾梦见自己乘舟绕日月而过。想到这两位历史人物的经历，诗人信心大增。

离筵上瞻望前程，只觉前路崎岖，歧途甚多，要走的路，究竟在哪里呢？这是感情在尖锐复杂的矛盾中再一次回落。但是倔强而又自信的李白，决不愿在离筵上表现自己的气馁。他那种积极用世的强烈愿望，终于使他再次摆脱了歧路彷徨的苦闷，唱出了充满信心与展望的强音：“长风破浪会有时，直挂云帆济沧海。”他相信尽管前路障碍重重，但仍将会有一天像刘宋时宗悫所说的那样，乘长风破万里浪，挂上云帆，横渡沧海，到达理想的彼岸。

全诗通过感情的起伏变化，既充分显示了黑暗污浊的政治现实对诗人的宏大理想抱负的阻遏，反映了由此而引起的诗人内心的强烈苦闷、愤郁和不平，同时又突出表现了诗人的倔强、自信和他对理想的执着追求，展示了诗人力图从苦闷中挣脱出来的强大精神力量。

吾思吾悟

6. 春　望

杜　甫

知人论世

杜甫(712—770),唐代诗人,字子美,祖籍襄阳(今属湖北),生于河南巩县。由于他在长安时一度住在城南少陵附近,自称少陵野老。在成都时杜甫被荐为节度参谋、检校工部员外郎,后世又称他为杜少陵、杜工部。杜甫是以饥寒之身永怀济世之志,处穷困之境而无厌世思想;在诗歌艺术方面,集古典诗歌之大成,并加以创新和发展,给后代诗人以广泛的影响。

杜甫在世时,他的诗歌并不为时人所重视,逝世40年以后,始见重于韩愈、白居易、元稹等人。白居易、元稹的新乐府运动,在文艺思想方面显然受到杜诗的影响。李商隐近体诗中讽喻时事的名篇,在内容和艺术上都深得杜诗的精髓。宋代著名诗人如王安石、苏轼、黄庭坚、陆游等,对杜甫都推崇备至,他们的诗歌各自从不同方面继承了杜甫的传统。杜诗的影响所及,不局限于文艺范围,更重要的是诗中爱国、爱人民的情怀感召着千百年来的广大读者,直到今天还有教育意义。

至德元年(756)8月,杜甫被安史叛军掳至长安,过了半年多囚徒一样的生活。这时

长安已被劫掠一空，满目荒凉，而家人久别，存亡莫卜，杜甫的家国之痛更加强烈，便在第二年(757)暮春写下了这首触景生情的五言律诗。

经典再现

春　望

国破山河在，城春草木深。
感时花溅泪，恨别鸟惊心。
烽火连三月，家书抵万金。
白头搔更短，浑欲不胜簪。

［译文］　故国沦亡，空对着山河依旧，春光寂寞，荒城中草木丛深。感伤时局，见花开常常洒泪，怅恨别离，闻鸟鸣每每惊心。愁看这漫天烽火，早又阳春三月，珍重那远方家信，漫道片纸万金。独立苍茫，无言搔首，白发稀疏，简直插不上头簪。

赏情析理

安史之乱带给杜甫的伤痛是巨大的。国既残破，家亦不存，诗人把国事、家事书于一诗之中。思家心切，正是爱国情深；感家流离，正是哀国残破。全诗写得情景交融，意在言外，是杜甫五律中的代表作。

前两句是望中所见。国家残破，河山尚存，只是江山换了主人。暮春时节，长安城中草木丛生，人烟稀少，一片荒凉。诗人睹物伤怀，伤国之情油然而生，萧条悲凉。正如吴见思《杜诗论文》中写道："杜诗有点一字而神理俱出者，如国破山河在，在字则兴废可悲；城春草木深，深字则荟蔚满目矣。"

第三、四句写花写鸟，紧扣诗题，借此来表达诗人那种伤乱思家的感慨。因感叹时事，见悦目的花朵反而流泪；因深恨离别，听到悦耳的鸟声反而惊心。诗人感触异常。花鸟平时乃可娱之物，见之而泣，闻之而悲，足以见得诗人内心的悲伤。在此诗人运用了反衬手法，将悲情寓于美景之中，甚为绝妙，乃被千古传诵。

接下来写战争时间之长，家书的难能可贵。诗人那种忧时伤别的情感表现得更为深沉和真切。"烽火"句承"感时"句，"家书"句承"恨别"句，不仅层次分明，结构严谨，而且情感也一泻而下。

最后诗人将伤国、忧时、思家的情怀用具体的细节表现了出来。头上白发本来稀少，不断搔抓，就更少了，于是差不多连发簪也戴不住了。本诗以“不胜簪”作结，使人感到诗人把自己的命运和国家的命运紧密结合在一起，真挚感人。

这首五律，对仗工整，情景交融，水乳难分。景物的形象蕴含着诗人的情感，诗人的感情又诉诸在景物形象的描绘中，具有极强烈的感人力量。

吾思吾悟

7. 春江花月夜

张若虚

知人论世

张若虚（约660—约720），唐代诗人，扬州（今属江苏）人。曾任兖州兵曹。事迹略见于《旧唐书·贺知章传》。中宗神龙（705—707）中，与贺知章、贺朝、万齐融、邢巨、包融俱以文辞俊秀驰名于京都，与贺知章、张旭、包融并称“吴中四士”。玄宗开元时尚在世。张若虚的诗仅存二首于《全唐诗》中。

《春江花月夜》是一篇脍炙人口的名作，它沿用陈隋乐府旧题，抒写真挚动人的离情别绪及富有哲理意味的人生感慨，语言清新优美，韵律宛转悠扬，洗去了宫体诗的浓脂艳粉，给人以澄澈空明、清丽自然的感觉。

春江花月夜

春江潮水连海平，海上明月共潮生。滟滟随波千万里，何处春江无月明。
江流宛转绕芳甸，月照花林皆似霰。空里流霜不觉飞，汀上白沙看不见。
江天一色无纤尘，皎皎空中孤月轮。江畔何人初见月？江月何年初照人？
人生代代无穷已，江月年年只相似。不知江月待何人，但见长江送流水。
白云一片去悠悠，青枫浦上不胜愁。谁家今夜扁舟子？何处相思明月楼？
可怜楼上月徘徊，应照离人妆镜台。玉户帘中卷不去，捣衣砧上拂还来。
此时相望不相闻，愿逐月华流照君。鸿雁长飞光不度，鱼龙潜跃水成文。
昨夜闲潭梦落花，可怜春半不还家。江水流春去欲尽，江潭落月复西斜。
斜月沉沉藏海雾，碣石潇湘无限路。不知乘月几人归，落月摇情满江树。

赏情析理

诗篇题目令人心驰神往。春、江、花、月、夜，这五种事物集中体现了人生最动人的良辰美景，构成了诱人探寻的奇妙的艺术境界。

全诗紧扣春、江、花、月、夜的背景来写，而又以月为主体。“月”是诗中情景兼融之物，它跳动着诗人的脉搏，在全诗中犹如一条生命纽带，通贯上下，触处生神，诗情随着月轮的生落而起伏曲折。月在一夜之间经历了升起—高悬—西斜—落下的过程。在月的照耀下，江水、沙滩、天空、原野、枫树、花林、飞霜、白云、扁舟、高楼、镜台、砧石、长飞的鸿雁、潜跃的鱼龙、不眠的思妇以及漂泊的游子，组成了完整的诗歌形象，展现出一幅充满人生哲理与生活情趣的画卷。这幅画卷在色调上是以淡寓浓，从黑白相辅、虚实相生中显出绚烂多彩的艺术效果，宛如一幅淡雅的中国水墨画，体现出春江花月夜清幽的意境美。

本诗在思想与艺术上，融诗情、画意、哲理为一体，凭借对春江花月夜的描绘，尽情赞叹大自然的奇丽景色，讴歌人间纯洁的爱情，把对游子思妇的同情心扩大开来，把对人生真理的追求和对宇宙奥秘的探索结合起来，从而汇成一种情、景、理水乳交融的幽美而邈远的意境。诗人将深邃美丽的艺术世界特意隐藏在惝恍迷离的艺术氛围之中，整首诗篇仿佛笼罩在一片空灵而迷茫的月色里，吸引着读者去探寻其中美的真谛。

诗的韵律节奏饶有特色。诗人灌注在诗中的感情旋律极其悲慨激荡，但那旋律既不是哀丝豪竹，也不是急管繁弦，而是像小提琴奏出的小夜曲或梦幻曲，含蕴隽永。诗的内在感情热烈深沉，看来却是自然平和，犹如脉搏跳动那样有规律、有节奏，而诗的韵律也相应地扬抑回旋。全诗共三十六句，四句一换韵，共换九韵。全诗随着韵脚的转换变化、平仄的交错运用，一唱三叹，前呼后应，既回环反复，又层出不穷，音乐节奏感强烈而优美。这种语音与韵味的变化，切合着诗情的起伏，可谓声情与文情丝丝入扣，宛转谐美。

吾思吾悟

8. 水调歌头

苏　轼

知人论世

苏轼（1037—1101 年），字子瞻，号东坡居士，四川眉山人，北宋杰出文学家、书画家，与父苏洵、弟苏辙并称“三苏”。苏轼二十一岁中进士，神宗时期曾在凤翔、杭州、密州、徐州、湖州等地任职。元丰三年（1080 年）因“乌台诗案”受诬陷被贬黄州任团练副使，在黄州四年多曾于城东之东坡开荒种田，故自号“东坡居士”。哲宗即位后，曾任翰林学士、侍读学士、礼部尚书等职，并出知杭州、颍州、扬州、定州等地，晚年被贬惠州、儋州。大赦北还，途中病死在常州，葬于河南郏县，追谥文忠公。

在任地方长官期间，苏轼关心民众疾苦，做了许多利民的好事，深受民众拥戴。苏轼博学多才，是著名的散文家，为“唐宋八大家”之一。其文学作品标志着北宋文学创作的最高成就；苏轼是著名诗人，他同宋代著名诗人黄庭坚并称为“苏黄”；苏轼为杰出的词人，开辟了豪放词风，同杰出词人辛弃疾并称为“苏辛”，对后世产生了很大的影响；苏轼是著名的书法家，同黄庭坚、米芾、蔡襄并称“宋四家”；苏轼还是著名的画家。此外，在农田水利、教育、音乐、医药、数学、金石、美学、烹饪等方面苏轼也都取得了重要的成就。

经典再现

水调歌头

明月几时有？把酒问青天。不知天上宫阙，今夕是何年。我欲乘风归去，又恐琼楼玉宇，高处不胜寒。起舞弄清影，何似在人间！

转朱阁，低绮户，照无眠。不应有恨，何事长向别时圆？人有悲欢离合，月有阴晴圆缺，此事古难全。但愿人长久，千里共婵娟。

［译文］ 明月什么时候出现的？（我）端着酒杯问青天。不知道天上的神仙宫阙里，现在是什么年代了（传说神仙世界里只过几天，地下已是几千年，故此设问）。我想乘着风回到天上（好像自己本来就是从天上落到人间来的，所以说“归去”），只怕玉石砌成的美丽月宫，在高空中经受不住寒冷（传说月中宫殿叫广寒宫）。在浮想联翩中，对月起舞，清影随人，仿佛乘云御风，置身天上，哪里像在人间！

月亮转动，照遍了华美的楼阁，夜深时，月光又低低地透进雕花的门窗里，照着心事重重不能安眠的人。月亮既圆，便不应有恨了，但为什么常常要趁着人们离别的时候团圆呢？人的遭遇，有悲哀、有欢乐、有离别，也有团聚；月亮呢，也会有阴、晴、圆、缺；这种情况，自古以来如此，难得十全十美。只愿我们都健康长在，虽然远离千里，却能共同欣赏这美丽的月色。

赏情析理

这首词是苏轼创作进入全盛时期的代表作，全词酣畅淋漓，一气呵成，读起来朗朗上口，是咏月诗词中不可多得的名篇。

词前片写“欢饮达旦，大醉”的情状，下片写思亲，仍扣“月”而行，情绪略转低徊。全词充盈着奇特的想象和俊逸的浪漫气息，牵人神魂，沁人心脾。词人运思入理，以他特有的旷达洒脱自我排解。既然天地间万事万物都不能十全十美，最后顺理成章，以“但愿人长久，千里共婵娟”的美好祝愿结束全词。

此词想象奇拔浪漫，笔势矫健回折，形象洒脱生动，词风清旷健朗，读来令人耳目一新。但更为启人心智、隽永有味的还是苏轼对人生、对物理的睿智思考。宇宙里、自然界、人生中原本有无数的缺憾。鲜花娇美，芳草茂绿，但枯荣有时，美景不永；亲情系心，

相依相恋，而悲欢离合，聚散无常；时光无限而人生短促；怀才有志而机缘难凭……大千世界竟是这样美好而又缺憾地奇妙融合，诗歌赋吟因此才有那么多的惜春悲秋、伤离叹老之作。

苏轼的这种自我庆幸和自我宽慰反映了他对人生哲理的思考。天地无穷，人生短促，苏轼以享有清风明月自矜，在寄情山水、物我交融中怡然自得。亲人分离，他又以“但愿人长久，千里共婵娟”来宽解祝福……作为距今近千年前的古人，苏轼的人生态度不无缺憾，但他一辈子为人处事坦荡圆通，随遇而安，因缘而适，保持了内心的平静。他一生乐观、开朗，达到了多少人心向往之而苦求不得的人生境界。这就是苏轼，这就是《水调歌头》独特艺术魅力之所在。

吾思吾悟

9. 天净沙·秋思

马致远

知人论世

马致远（约 1250—约 1324），中国元代戏曲作家、散曲家，号东篱，一说字千里，大都（今北京）人，曾任江浙行省官吏，仕途不得志，后归隐山林。著有杂剧 15 种，今存 7 种。代表作《汉宫秋》取材于汉代王昭君和亲故事，但情节有较大改动，以汉元帝和王昭君的爱情为主线,同时揭露了汉朝君臣的昏庸和无能,塑造了王昭君这一爱国者的形象。这一形象成为后来戏曲中汉明妃的定型。

马致远的散曲今存120多首,成就为元人之冠。作品内容主要有叹世、咏景、恋情三类,声调和谐优美、语言清新豪爽。马致远善于捕捉形象来熔铸诗的意境,提高了曲的格调,对散曲的发展与提高做出了贡献。其《双调·夜行船》套曲、《天净沙》“枯藤老树昏鸦”等历来被人推为元代散曲中的极品。

经典再现

天净沙·秋思

枯藤老树昏鸦,
小桥流水人家。
古道西风瘦马,
夕阳西下,
断肠人在天涯。

[译文] 天色黄昏,一群乌鸦落在枯藤缠绕的老树上,发出凄厉的哀鸣。小桥下流水哗哗作响,小桥边庄户人家炊烟袅袅。古道上一匹瘦马,顶着西风艰难地前行。夕阳渐渐地失去了光泽,从西边落下。凄寒的夜色里,只有断肠人漂泊在遥远的地方。

赏情析理

这是马致远著名的散曲代表作,作者用28个字勾画出一幅羁旅荒郊图。这支曲以断肠人触景生情组成,从标题上看出作者抒情的动机。

头两句“枯藤老树昏鸦,小桥流水人家”,就给人制造一种冷落暗淡的气氛,又显示出一种清新幽静的境界。这里的枯藤、老树给人以凄凉的感觉,“昏”点出时间已是傍晚;小桥、流水、人家让人感到幽雅闲致。12个字画出一幅深秋僻静的村野图景。“古道西风瘦马”,诗人描绘了一幅秋风萧瑟、苍凉凄苦的意境,为僻静的村野图又增加一层荒凉感。“夕阳西下”使这幅昏暗的画面有了几丝惨淡的光线,更加深了悲凉的气氛。诗人把十种平淡无奇的客观景物巧妙地连缀起来,通过枯、老、昏、古、西、瘦六个字,将诗人的无限愁思自然地寓于图景中。最后一句,“断肠人在天涯”是点睛之笔,这时在深秋村野图的画面上出现了一位漂泊天涯的游子，在残阳夕照的荒凉古道上，牵着一匹瘦马，迎着凄苦的秋风，信步漫游，愁肠绞断，却不知自己的归宿在何方，透露了诗人怀才不遇的悲凉情怀，恰当地表现了主题。这首小令采取寓情于景的手法来渲染气氛、显示主题，完美地表现了漂泊天涯的旅人的愁思。

吾思吾悟

10. 再别康桥

徐志摩

知人论世

徐志摩（1896—1931），浙江海宁人，中国现代著名诗人。1915 年考入北大预科班，次年入北洋大学，再次年转入北京大学政治学系。1918 年，徐志摩转入美国克拉克大学，第二年转入哥伦比亚大学研究院，一年后获硕士学位。1921 年，诗人进入剑桥大学研究院学习政治学，同时开始创作新诗。同年和才女林徽因相识，坠入情网。1922 年 3 月，与前妻张幼仪离婚，10 月回到上海。1924 年，泰戈尔访华，徐志摩作为陪同及翻译与泰戈尔游历各地，并随他一同去了日本。同年徐志摩应胡适之邀任北大英文系教授，不久结识京城社交界名流陆小曼（她已为一名军人的妻子），两人很快坠入爱河。1926 年，二人举行了婚礼。此后徐志摩一方面继续在大学教书，另一方面和胡适、闻一多等人创立“新月社”，创办《新月》杂志。1931 年 1 月，徐志摩主编的《诗刊》创刊。同年 11 月因飞机失事英年早逝。这次飞行旅途事务包括看望病中的妻子和赶场听林徽因的讲座。

经典再现

再别康桥

轻轻的我走了，
正如我轻轻的来；
我轻轻的招手，
作别西天的云彩。

那河畔的金柳，
是夕阳中的新娘；
波光里的艳影，
在我的心头荡漾。

软泥上的青荇，
油油的在水底招摇；
在康河的柔波里，
我甘心做一条水草！

那榆荫下的一潭，
不是清泉，
是天上虹；
揉碎在浮藻间，
沉淀着彩虹似的梦。

寻梦？撑一支长篙，
向青草更青处漫溯；
满载一船星辉，
在星辉斑斓里放歌。

但我不能放歌，
悄悄是别离的笙箫；
夏虫也为我沉默，
沉默是今晚的康桥！

悄悄的我走了，
正如我悄悄的来；
我挥一挥衣袖，
不带走一片云彩。

赏情析理

这首诗写于1928年诗人第三次漫游欧洲的归途中，写的是那年一个夏日的感想。那是一个明媚的夏日，诗人怀着莫名的激情，瞒着接待他的大哲学家罗素，一个人悄悄地来到康桥（即剑桥大学所在地）——诗人曾学习过、生活过的地方，想寻找他在那儿的朋友。但是，友人都不在家，诗人就在美丽的校园里徘徊，在那一木一花之中寻觅当年的欢声笑语，那洒落其间的青春年华。这些感想在诗人的心中酝酿了几个月，最后形成了这首诗。

诗的开头就弥漫着一种怀旧的情绪和宁静的氛围。诗人的来和走都是轻轻的，没有任何的声响，没有什么烦躁和吵闹；但诗人毕竟要和那华美的云彩告别了，毕竟那段美好的时光已经逝去了。那阳光下柔柔的柳枝，映在轻轻荡漾的波光里，幻出点点的金鳞，照在了诗人的眼中，同样也拨动着诗人的心。当年友人的音容笑貌、爱人的窃窃私语在诗人的眼前浮现，在耳畔回响。那清澈的水中水草绿油油的，在水底摇曳，那清凉和优美都是诗人所羡慕的。

诗人的想象不再受控制。在诗人眼中，那潭水就是天上的彩虹，它被揉碎了，最后沉淀在潭底的浮藻间，聚合为诗人的梦。寻梦，诗人随即就有了追忆的沉思。撑一支长篙，向青草的深处追寻，直到星光点点还乐不思归，在美丽的月夜放歌。

然而那段美好的时光不会再现了，昔日的好友也杳无踪影。诗人感到无限的惆怅。诗人的怅然情绪也感染了虫子，它们知趣地沉默着，不再鸣叫。诗人要离去了，悄悄地离去，诗人不想惊动那美丽的场景，那美丽的回忆。

这首诗是中国新月诗的代表作。四行一节，每节押韵，诗行的排列错落有致，参差变化中有整齐的韵律。诗的整体有强烈的音节波动和韵律感。首节和尾节前后呼应，使诗的形式完整。用词上讲究音节的和谐与轻盈，“轻轻”“悄悄”等叠字的使用更是恰如其分。这些都完美体现了新月派诗歌的特征：完整的形式，和谐优美的旋律，诗句的紧密节奏等。

吾思吾悟

11. 断　章

卞之琳

知人论世

卞之琳(1910—2000),江苏海门人,中国现代著名诗人、翻译家。1922年考入上海浦东中学,并越级直接进入高一的第二学期,开始接触新文化。1929年,卞之琳考入北京大学英文系,在徐志摩等人的影响下开始新诗创作。1933年大学毕业后,诗人先后在保定、济南等地教书,同年出版其第一部诗集《三秋草》。抗战时期,诗人前往四川大学任教,期间曾赴延安和太行山一带访问。1940年后先后在西南联大、南开大学任教。1947年诗人应邀前往英国牛津大学专事创作。1949年回国任北京大学英语系教授。新中国成立后,诗人历任《诗刊》《文学评论》等刊物的编辑和中国社科院研究员等职务。2000年12月病逝于北京。有《慰劳信集》《鱼目集》《汉园集》《十年诗草》等诗集,另外还有一些译作,如《哈姆雷特》《海滨墓园》等。

本诗选自《鱼目集》,写于1935年10月。据诗人自己说,这首诗起先只是一首诗中的四句,因只有这四句诗人感到满意才保留下来,自成一篇。不料这首诗竟成了诗人流传最广、最有代表性的一首诗。

断　章

你站在桥上看风景
看风景的人在楼上看你
明月装饰了你的窗子
你装饰了别人的梦

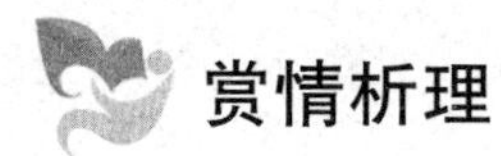

赏情析理

全诗只有四句,每个字词,每句话都通俗易懂,但细细品味便觉意味悠长,耐人寻味。诗中用几个简单的具象、词语,营造了两个优美的意境,同时带着深深的感伤。

第一个意境的中心是桥。"你"站在桥上,看桥下流水淙淙,想那光洁的石或绿油油的青苔;闻吟吟风声,想那深深的林中清脆的鸟鸣。一切都那样的自然,那样的明净、悠扬而和谐。透过这宁静的自然,是一个小楼,里面住着一个人。"你"一下就成了别人的风景。

第二个意境的中心是夜。"你"怀着淡淡的哀愁,在寂静无人的夜里打量着世界,也许是想在世间的美中找点慰藉。明月当空,皎洁的月光使夜蒙上了一种浅白的色调,若有若无,如梦如幻。"你"获得了美丽的满足吗?也许。然而,诗人要告诉"你":此刻的"你"成了他人的梦境,正被人设计在哀愁的、惹人怜的形象上,满足了别人的想象。

诗歌意境空灵优美,为人们带来了无尽的遐想;言有尽而意无穷,明白的话中有着启人深思的哲理和触动人心的落寞感情。这首诗也带有卞之琳独特的诗歌风格:冷静的语调、对新奇意境的追求、带有思辨意味的象征和引人深思的内在韵味。诗歌隐含了一种深刻的人生哲理:人生处处存在"相对状态",作为个体的人,自然是独立的、互不相干的;但作为群体的人,自然又是互相依存、互相影响的。

吾思吾悟

12. 乡　愁

余光中

知人论世

余光中，福建永春人，中国台湾著名当代诗人。1928 年出生在中国传统的重阳节。抗战期间，举家搬到重庆。1947 年，余光中同时考取北京大学和金陵大学，由于不想离开母亲，选择了后者。1949 年转入厦门大学。1950 年随全家前往台湾。1951 年，得到梁实秋的指点。1952 年从台大毕业，出版其第一部诗集《舟子的悲歌》，反响不大。次年，进部队担任编译官。1956 年退役，开始在一些学校教书，同时主编《蓝星》等文学杂志。1958 年、1966 年两次前往美国。1974 年，前往香港教书，1981 年和黄药眠、辛笛等诗人会晤，相互间作了亲切的交流。1992 年，余光中终于盼到了他日思夜想的一天，他与妻子一道，回到故土。他的作品除上面提到的外，还有《蓝色的羽毛》《白玉苦瓜》《隔水观音》及散文集《逍遥游》等。

乡　愁

小时候
乡愁是一枚小小的邮票
我在这头
母亲在那头
长大后
乡愁是一张窄窄的船票
我在这头
新娘在那头
后来啊
乡愁是一方矮矮的坟墓
我在外头
母亲啊在里头
而现在
乡愁是一湾浅浅的海峡
我在这头
大陆在那头

赏情析理

乡愁,在中国的诗歌史上是成千上万首诗表现的主题。在余光中众多写乡愁的诗中,《乡愁》一诗毫无疑问是流传最广、最为委婉动人的一首。

那一寸见方的邮票承载了诗人小时候的依恋,在互通音讯中诗人获得了母亲的安慰。一张窄窄的船票承载了诗人对爱人的相思和依偎;在来来往往中,诗人填补了感情的缺口,其中滋味尽在不言中。黄土割断了诗人和母亲的相见。诗人的心归往何处?那乡愁竟是不能圆的梦了!“这头”和“那头”终于走向了沉重的分离,诗人的心一下子沉入了深深的黑暗里。诗人在这强烈的情感中转入对现在的叙述。现在,那湾浅浅的海峡,竟成了一个古老民族的深深伤痕,也是诗人心中的伤痕，是和诗人一样的千千万万中华子孙的伤痕。诗的意境在这里突然得到了升华。那乡愁已不仅仅是诗人心中的相思和苦闷，还是千千万万中华儿女的相思和苦闷。诗歌由此具有了一种深层的象征意义。那母亲难道不是祖国的象征？那情人难道不是诗人的自喻？

吾思吾悟

13. 回　答

北　岛

知人论世

北岛，原名赵振开，祖籍浙江，1949 年生于北京，中国当代著名诗人。1969 年高中毕业后在建筑公司当工人。1970 年开始写诗，1979 年开始发表诗歌，不久在杂志社任编辑，曾参与著名诗刊《今天》的创办和编辑工作。1990 年移居美国，现任教于加利福尼亚州戴维斯大学。曾获诺贝尔文学奖提名。曾出版《北岛·顾城诗选》《太阳城札记》《在天涯》《零度下的风景》《北岛诗选》等诗集。

经典再现

回　答

卑鄙是卑鄙者的通行证，
高尚是高尚者的墓志铭，
看吧，在那镀金的天空中，

飘满了死者弯曲的倒影。
冰川纪过去了，
为什么到处都是冰凌？
好望角发现了，
为什么死海里千帆相竞？
我来到这个世界上，
只带着纸、绳索和身影，
为了在审判之前，
宣读那被判决了的声音：
告诉你吧，世界，
我——不——相——信！
纵使你脚下有一千名挑战者，
那就把我算做第一千零一名。
我不相信天是蓝的；
我不相信雷的回声；
我不相信梦是假的；
我不相信死无报应。
如果海洋注定要决堤，
就让所有的苦水都注入我心中。
如果陆地注定要上升，
就让人类重新选择生存的峰顶。
新的转机和闪闪的星斗，
正在缀满没有遮拦的天空，
那是五千年的象形文字，
那是未来人们凝视的眼睛。

赏情析理

这首诗是诗人的代表作，也是那一时期诗歌的代表作。

要“回答”，就要有回答的起因、回答的对象。诗人的回答对象很明显，就是那沉闷的社会现实，充满悖谬的十年浩劫。诗的开头就是对那现实的描写。“卑鄙是卑鄙者的通行证，高尚是高尚者的墓志铭”——这是怎样的世界呀！那虚伪的天空中，到处是用金词丽句、空洞赞颂涂抹的东西，到处是通行者的乐园。当然，还有死者，那不屈的身影已经弯曲，绷得很紧，充满着力量的美，显得更加不屈。

诗人心情激动，大声疾呼，唱出了心中对虚伪现实的怀疑和否定。这是一种决绝的怀疑和反抗，没有丝毫的犹豫和同情。即使有太多的反抗者和挑战，诗人仍然愿意成为其中的一员，为挑战者的队伍增添一份力量。

诗歌大量运用象征手法，那些象征性的形象又带有明确的意义指向。尽管这象征的形象相对直白，但是并没有影响诗歌的感性特征。“冰凌”“死海”等形象生动地写出了现实生活的困境和艰难。诗中那新颖的意象和丰富的情感的巧妙结合，带有明显的朦胧诗特点，诗歌的思想倾向也带有明显的朦胧诗的特征。这首诗同样是朦胧诗的代表作。

吾思吾悟

14. 假如你不够快乐

汪国真

知人论世

汪国真，祖籍厦门，生于1956年6月22日。中学毕业以后进入北京第三光学仪器厂当工人，1982年毕业于暨南大学中文系。在学校时，喜读写诗歌，1985年起将业余时间集中于诗歌创作，期间一首打油诗《学校一天》刊登在《中国青年报》上。

汪国真自称其创作得益于四个人：李商隐、李清照、普希金、狄金森（美国）。追求普希金的抒情、狄金森的凝炼、李商隐的警策、李清照的清丽。毕业后，分配在中国艺术研究院，后任《中国文艺年鉴》编辑部副主任。1990 年开始，汪国真担任《辽宁青年》《中国青年》《女友》的专栏撰稿人。

经典再现

假如你不够快乐

假如你不够快乐
也不要把眉头深锁
人生本来短暂
为什么　还要栽培苦涩
打开尘封的门窗
让阳光雨露洒遍每个角落
走向生命的原野
让风儿熨平前额
博大可以稀释忧愁
深色能够覆盖浅色

赏情析理

整首诗歌优美婉转，富含哲理，恰到好处地告诉了我们一个浅显但最容易被忽视的真理——其实，只要拥有一颗博大、宽容、善良的心就能获得快乐。

我们生活中会遇到许多事情，有挫折、有坎坷，但它们就是一块试金石，如果你运用好了就是你一生中最大的财富，运用不好就变成了你的绊脚石。我们经历的每一件事情，好的、坏的、幸运的、不幸的、快乐的、痛苦的，构成了我们生活的点点滴滴，让我们增加阅历，也使我们的生活多姿多彩。应该说没有挫折、没有磨练、没有困惑，就很难达到真正的成熟、真正的豁达、真正的坚强！

快乐，只能靠自己。想要获得快乐，不是增加财富，而是降低欲望。功名利禄，只能带给我们短暂的快乐；唯有平静的心灵加上对生活的热爱，才能带给我们永恒的喜悦。

吾思吾悟

15. 我愿意是急流

裴多菲

知人论世

裴多菲·山陀尔(1823—1849),匈牙利诗人。1842年开始发表作品,受民歌影响很大。他一生创作了多首抒情诗和8篇叙事诗。他的政治抒情诗,语言犀利,感召力强,对匈牙利民族解放运动有直接影响。他本人也积极投身于祖国的解放战争,1849年7月31日战死在与俄奥联军搏斗的战场上,年仅26岁。

《我愿意是急流》是一首向爱人表白爱情的诗。1846年9月,23岁的裴多菲在舞会上结识了伊尔诺茨伯爵的女儿森德莱·尤丽娅。这位身材修长、有浅蓝色眼睛的美丽姑娘清纯率真,使裴多菲一见倾心。拥有大量土地庄园的伯爵不肯把女儿嫁给裴多菲这样的穷诗人。面对阻力,裴多菲对尤丽娅的情感仍不可抑制,在半年时间里发出了许多首情诗,鼓动尤丽娅冲破父亲和家庭的桎梏。在一年后,尤丽娅同裴多菲走进了婚礼的殿堂。

经典再现

我愿意是急流

我愿意是急流,是山里的小河,
在崎岖的路上、岩石上经过……

只要我的爱人是一条小鱼，
在我的浪花中，快乐地游来游去。
我愿意是荒林，在河流的两岸，
对一阵阵的狂风，勇敢地作战……
只要我的爱人，是一只小鸟，
在我的稠密的树枝间做窠鸣叫。
我愿意是废墟，在峻峭的山岩上，
这静默的毁灭，并不使我懊丧……
只要我的爱人，是青青的常春藤，
沿着我荒凉的额，亲密地攀援上升。
我愿意是草屋，在深深的山谷底，
草屋的顶上，饱受风雨的打击……
只要我的爱人，是可爱的火焰，
在我的炉子里，愉快地缓缓闪现。
我愿意是云朵，是灰色的破旗，
在广漠的空中，懒懒地飘来荡去……
只要我的爱人，是珊瑚似的夕阳，
傍着我苍白的脸，显出鲜艳的辉煌。

赏情析理

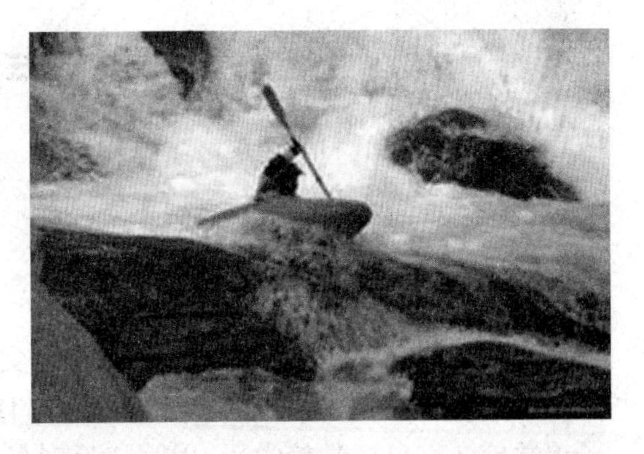

《我愿意是急流》堪称裴多菲爱情诗的典范。这首诗用一连串的“我愿意”引出构思巧妙的意象，反复咏唱对爱情的坚贞与渴望。全诗清新、自然，毫无造作之感，同时又给了爱情一个新的诠释——朴实、自然。

全诗通篇用“我愿意是……/只要我的爱人……”式结构回环连接，意象组组对比排列，其间又含暗喻，诗句一气呵成，给人一种耳目一新的感觉。全诗“我”以“急流”“荒林”“废墟”“草屋”“云朵”“破旗”来自喻，这些事物都是朴实的、纯真的；而“爱人”则是“小鱼”“小鸟”“常春藤”“火焰”“夕阳”的化身，这些事物都是可爱的、柔美的。两者的结合是自然的结合，无可挑剔。这没有花前月下的浪漫，没有风花雪月的柔情，却有一股清新脱俗油然而生。

诗人在遣词造句方面也很注重“自然”二字，全诗没有任何华丽的辞藻修饰，用极其普通的语言点缀，如“崎岖”“勇敢”，这就避免了作品的“繁冗拖沓”，而倍显自然亲切。字里行间，忠贞的爱情观一目了然：“我愿意是急流，……只要我的爱人是一条小鱼，……”“我愿意是荒林，……只要我的爱人是一只小鸟，……”……此外，诗人对自由生活的追求与向往也始终贯穿于全诗，使得纯洁的爱情与自由的生活有机地融入朴实的言语之中，让读者深深地沉浸在情景交融的诗行中。

情真，这是爱情诗成功的关键。这首诗用一连串的“我愿意”引出构思巧妙的意象，反复咏唱对爱情的坚贞与渴望。一系列与抒情主人公相连的意象，似乎都缺乏美感；初看疑惑不解，但仔细审视，则体味到诗人的意象是围绕“我的爱人”设置的，意象的朴素与平凡恰好蕴含着抒情主人公为维护爱情而准备做出的牺牲。

这首诗吸收了民歌的某些表达手法，每节的句式和意象的对应关系都很相像。诗的境界循环往复，层层叠加，不断叩击读者的心弦，算得上是世界爱情诗中的绝唱。

吾思吾悟

16．假如生活欺骗了你

普希金

知人论世

普希金（1799—1837），俄罗斯文学之父，俄罗斯现实主义文学的奠基人，出身于一个贵族家庭。1811 年进入贵族子弟学校——皇村学校学习，因写诗反对暴君政治，于 1920 年被流放到南俄。期间他同当时反对沙皇的十二月党人联系密切。1924 年，因与南俄的总督发生冲突，被放逐到其父亲的领地，不准参加社会活动。同年，普希金写下著名的历史剧《鲍利斯·戈都诺夫》，但这出深受人民欢迎的戏剧遭到禁演。1926年刚上台的沙皇为收买人心,召普希金入外交部任职。但普希金早已看清了沙皇的真面目,尽管接受了职务,但是他并没有被沙皇收买。1931年,普希金和19岁的娜·尼·冈察洛娃结婚,随后迁居彼得堡,但家庭生活并不愉快。1837年,普希金因法国公使馆的丹特士男爵调戏他的妻子,决定和男爵决斗。在2月8日的决斗中,被子弹击中心脏,两天后去世。据传这次调戏是沙皇指使的。普希金一生创作颇丰,除上面提到的历史剧和早期的浪漫主义诗作《致恰达耶夫》《囚徒》等,诗人还创作了《叶甫盖尼·奥涅金》《驿站长》《上尉的女儿》等著名作品。

《假如生活欺骗了你》写于1825年,正是诗人在被幽禁期间所作。孤寂之中,除了读书、写作,邻近庄园奥西波娃一家也给诗人愁闷的幽禁生活带来了温馨和慰藉。这首诗就是为奥西波娃15岁的女儿姬姬写的,题写在了她的纪念册上。

经典再现

假如生活欺骗了你

假如生活欺骗了你,
不要忧郁,也不要愤慨!
不顺心时暂且克制自己,
相信吧,快乐之日就会到来。
我们的心儿憧憬着未来,
现今总是令人悲哀:
一切都是暂时的,转瞬即逝,
而那逝去的将变为可爱。

赏情析理

这是一首哲理抒情诗。诗人在诗中提出了一种面向未来的生活观。我们的心儿要憧憬未来,尽管现实的世界可能是令人悲哀的,我们可能感受到被欺骗,但这是暂时的。我们不会停留在这儿,不会就在这儿止步,我们有美丽的未来。当我们在春风和煦的日子里,在和朋友共享欢乐的时候,我们再细细品味这曾经令人悲哀的现实生活,我们就会有一种自豪、充实、丰富的人生感受——“那逝去的将变为可爱”。

诗人就用这种面向未来的积极生活观给邻

家女孩以鼓励。同样,诗人也用这种生活观自勉。诗人生活在法国大革命精神在欧洲大陆产生广泛影响的时代。那时的俄国,一方面处于沙皇暴政的统治下,另一方面,人民的自由意识大大觉醒,起义和反抗此起彼伏。诗人出身贵族,有着强烈的自由民主意识。这些注定了诗人的生活会充满暗礁、漩涡、险滩和坎坷不平。诗人在面对困苦时坚定自己对生活的信心,诗人就靠这信心去战胜一个又一个暴力的压迫。

诗人对生活的假设,引起了很多人的共鸣,说出了很多人的生活感受。正是这种生活观,这种对人生的信心,这种面对坎坷的坚强和勇敢,使得这首诗流传久远。

吾思吾悟

17. 当你老了

叶 芝

知人论世

叶芝(1856—1939),爱尔兰著名诗人,后期象征主义诗人的主要代表,出身在一个画家家庭。1889 年,诗人出版其第一部诗集《马辛的漫游与其他》。同年,叶芝对美丽的茅德·冈一见钟情,并且一往情深地爱了她一生,尽管诗人并没有得到对方的丝毫回报。1891 年,他来到伦敦,组织诗人俱乐部和爱尔兰文学会,宣传爱尔兰文学。1896 年,他和友人一道筹建爱尔兰民族剧院,拉开了爱尔兰文艺复兴的序幕。1899 年,他的诗集《苇丛中的风》获得最佳诗集学院奖。1902 年,爱尔兰民族戏剧协会成立,叶芝任会长。1910 年,获得英国王室年金奖和自由参加任何爱尔兰政治运动的免罪权。1917

年，他再次向业已离婚的茅德·冈求婚被拒，同年和另一女子结婚。1923年，叶芝获得诺贝尔文学奖。1932年，他创立爱尔兰文学院。1938年，他移居法国，一年后病逝。叶芝一生创作甚富，主要作品有诗集《奥伊辛漫游记》《后期诗集》等。

经典再现

当你老了

当你老了，白发苍苍，睡意沉沉，
在炉前打盹，请取下这本诗篇，
慢慢吟诵，梦见你当年的双眼，
那柔美的光芒与青幽的晕影；
多少人真情假意，爱过你的美丽，
爱过你欢乐而迷人的青春，
唯独一人爱你朝圣者的心，
爱你日益凋谢的脸上的哀戚；

当你佝偻着，在灼热的炉栅边，
你将轻轻诉说，带着一丝伤感：
逝去的爱，如今已步上高山，
在密密星群里埋藏它的赧颜。

赏情析理

1889年1月30日，23岁的叶芝遇见了美丽的女演员茅德·冈，诗人对她一见钟情，尽管这段一直纠结在诗人心中的爱情几经曲折，没有什么结果，但诗人对她的强烈爱慕之情给诗人带来了真切无穷的灵感，此后诗人创作了许多有关这方面的诗歌。《当你老了》就是那些著名诗歌中的一首。其时，诗人还是一名穷学生，诗人对爱情还充满着希望，对于感伤还只是一种假设和隐隐的感觉。

诗开头的假设其实是一个誓言，诗人把自己连同自己的未来一起押给了自己的爱人，这爱也许只是为了爱人的一个眼神。然而，这样的誓言、这样的坚定并没有得到应有的回报。情人是很优秀的:美丽、年轻而有着令人仰羡的内秀。这注定了诗人爱情的艰难和曲折。那些庸俗的人们怀着假意或者怀着真心爱慕着她的外表,但是诗人不仅爱情人欢欣时的甜美容颜,也爱情人衰老时痛苦的皱纹。诗人的爱不会因为爱情的艰辛而有任何的却步,诗人的爱不会因为情人的衰老而有任何的褪色,反而历久弥新,磨难越多,爱得越坚笃。

虽然自己的苦恋毫无结果,诗人仍会回忆那追求爱情的过程,追思那逝去的岁月,平静地让爱在心里,在嘴唇间流淌。诗人所担心的是情人。她会在年老的时候为这失去的爱而忧伤吗?她会凄然地诉说着曾经放在面前的爱情吗?诗人的爱已经升华。那是一种更高境界的爱——在头顶的山上,在密集的群星中间,诗人透过重重的帷幕,深情地关注着情人,愿情人在尘世获得永恒的幸福。

吾思吾悟

18. 要怀着希望

阿莱桑德雷·梅洛

知人论世

阿莱桑德雷·梅洛(1898—1984),西班牙现代著名诗人,生于马拉加。1911年随全家迁往马德里。1913年入大学学习法律和商业。毕业后从事商业工作,时常为金融报写稿。他18岁开始写诗。1925年一场突如其来的肾结核病使他放弃了工作,开始了漫长的病榻生活,他从此决定进行诗歌创作。1926年他发表处女作,1928年发表第一部诗集《轮廓》,并逐渐获得人们的认可,成为"二七年一代"的重要成员。1933年他获得了西班牙皇家学院的国家文学奖。1944年他的诗集《天堂的影子》引起轰动,使他成为青年一代的先驱。声望回升,他的创作也日渐成熟。1977 年他获得诺贝尔文学奖。他的作品除上面提到的外,还有《毁灭与爱情》《心的历史》《毕加索》《知识的对白》《终极的诗》等。

经典再现

要怀着希望

你懂得生活吗? 你懂。
你要它重复吗? 你正在原地徘徊。
坐下,不要总是回首往事,要向前冲!
站起来,再挺起胸,这才是生活。
生活的道路啊,
难道只有额头的汗水,身上的荆棘,仆仆的风尘,心中的痛苦,而没有爱情和早晨?
继续,继续攀登吧,咫尺即是顶峰。
别再犹豫了,站起来,挺起胸,岂能放弃希望?
你没觉得吗? 你耳边有一种无声的语言,
它没有语调,可你一定听得见。
它随着风儿,随着清新的空气,
掀动着你那褴褛的衣衫,
吹干了你汗淋淋的前额和双颊,
抹去了你脸上残存的泪斑。
在这黑夜即将来临的傍晚,
它梳理着你的灰发,那么耐心,缓缓。
挺起胸膛去迎接朝霞的蓝天,
希望之光在地平线上已经冉冉升起。
迈开坚定的步伐,认定方向,信赖我的支持,
迅猛地朝前追去……

赏情析理

要怀着希望,人们总是这样说。人若没有力量、智慧和勇气,他们可以从苦涩的井水里挖掘出来,武装自己。可希望又是什么呢? 是那咫尺还是顶峰,是黎明还是地平线,或者生活永远只是停留在行走这个姿态本身? 希望的缺点是它本身并不固定,永远游走变化。诗人的坚强与斗志值得认同,但希望并不一定是自己的山峰。自知自足才是生活的

本质，夕阳总是要逝去，站在山脚与山顶又有什么区别呢？信马由缰地往前走，总会看到恬静的泉水从内心涌起。这就足够了。

吾思吾悟

言为心悟

Part 2

我们徜徉在散文的世界里，任由那点点滴滴的感悟浸透感性的心。

林清玄、余秋雨、毕淑敏、三毛……追随着他们的脚步，在鸟语花香、莺歌燕舞的“仙境”里，在抒情的天地里，去想象，去寻找人生的美。当灵感涌入心头时，我愿轻轻地拿起笔，笑着，快乐着，去捕捉美的镜头。

1. 简　单

三　毛

知人论世

三毛(1943—1991),原名陈懋平,又名陈平,汉族,台湾著名女作家,浙江省定海县人,中国文化大学哲学系肄业。曾留学欧洲,婚后定居西属撒哈拉沙漠迦纳利岛,并以当地的生活为背景,写出一连串脍炙人口的作品。1981 年回台后,曾在文化大学任教,1984 年辞去教职,以写作、演讲为重心。1991 年去世,享年 48 岁。

经典再现

简　单

许多时候,我们早已不去回想,当每一个人来到地球上时,只是一个赤裸的婴儿,除了躯体和灵魂,上苍没有让人类带来什么身外之物。

等到有一天,人去了,去的仍是来的样子,空空如也。这只是样子而已。事实上,死去的人,在世上总也留下了一些东西,有形的,无形的,充斥着这本来已是拥挤的空间。

曾几何时,我们不再是婴儿,那份记忆也遥远得如同前生。回首看一看,我们普普通通的活了半生,周围已引出了多少牵绊,伸手所及,又有多少带不去的东西成了生活的一部分,缺了它们,日子便不完整。

许多人说,身体形式都不重要,境由心造,一念之间可以一花一世界,一沙一天堂。

这是不错的,可是在我们那么复杂拥挤的环境里,你的心灵看见过花吗?只一朵,你看见过吗?我问你的,只是一朵简单的非洲菊,你看见过吗?我甚而不问你玫瑰。

不了,我们不再谈沙和花朵,简单的东西是最不易看见的,那么我们只看看复杂的吧!

唉,连这个,我也不想提笔写了。

在这样的时代里,人们崇拜神童,没有童年的儿童,才进得了那窄门。

人类往往少年老成，青年迷茫，中年喜欢将别人的成就与自己相比较，因而觉得受挫，好不容易活到老年仍是一个没有成长的笨孩子。我们一直粗糙的活着，而人的一生，便也这样过去了。

我们一生复杂，一生追求，总觉得幸福遥不可及。不知那朵花啊，那粒小小的沙子，便在你的窗台上。你那么无事忙，当然看不见了。

对于复杂的生活，人们怨天怨地，却不肯简化。心为形役也是自然，哪一种形又使人的心被役得更自由呢?

我们不肯放弃，我们忙了自己，还去忙别人。过分的关心，便是多管闲事，当别人拒绝我们的时候，我们受了伤害，却不知这份没趣，实在是自找的。

对于这样的生活，我们往往找到一个美丽的代名词，叫作“深刻”。

简单的人，社会也有一个形容词，说他们是笨的。一切单纯的东西，都成了不好的。

恰好我又远离了家国，到大西洋的海岛上来过一个笨人的日子，就如过去许多年的日子一样。

在这儿，没有大鱼大肉，没有争名夺利，没有过分的情，没有载不动的愁，没有口舌是非，更没有解不开的结。

也许有其他的笨人，比我笨得复杂的，会说：你是幸运的，不是每个人都有一片大西洋的岛屿。唉，你要来吗? 你忘了自己窗台上的那朵花了。怎么老是看不见呢?

你不带花来，这儿仍是什么也没有的。你又何必来? 你的花不在这里，你的窗，在你心里，不在大西洋啊! 一个生命，不止是有了太阳、空气、水便能安然的生存，那只是最基本的。求生的欲望其实单纯，可是我们是人类，是一种贪得无厌的生物，在解决了饥饿之后，我们要求进步，有了进步之后，要求更进步，有了物质的享受之后，又要求精神的提升，我们追求幸福、快乐、和谐、富有、健康，甚而永生。

最初的人类如同地球上漫游野地的其他动物，在大自然的环境里辛苦挣扎，只求存活。而后因为自然现象的发展，使他们组成了部落，成立了家庭。多少万年之后，国与国之间划清了界限，民与民之间，忘了彼此都只不过是人类。

邻居和自己之间，筑起了高墙，我们居住在他人看不见的屋顶和墙内，才感到安全自在。

人又耐不住寂寞，不可能离群索居，于是我们需要社会，需要其他的人和物来建立自己的生命。我们不肯节制，不懂收敛，泛滥情感，复杂生活起居。到头来，“成功”只是“拥有”的代名词。我们变得沉重，因为担负得太多，不敢放下。

当婴儿离开母体时，象征着一个躯体的成熟。可是婴儿不知道，他因着脱离了温暖潮湿的子宫觉得惧怕，接着在哭。人与人的分离，是自然现象，可是我们不愿。

我们由人而来，便喜欢再回到人群里去。明知生是个体，死是个体，但是我们不肯探索自己本身的价值，我们过分看重他人在自己生命里的参与。于是，孤独不再美好，失去了他人，我们惶惑不安。

其实,这也是自然。

于是,人类顺其自然的受捆绑,衣食住行永无宁日的复杂,人际关系日复一日的纠缠,头脑越变越大,四肢越来越退化,健康丧失,心灵蒙尘。快乐,只是国王的新衣,只有聪明的人才看得见。

童话里,不是每个人都看见了那件新衣,只除了一个说真话的小孩子。

我们不再怀念稻米单纯的丰美,也不认识蔬菜的清香。我们不知四肢是用来活动的,也不明白,穿衣服只是使我们免于受冻。

灵魂,在这一切的拘束下,不再明净。感官,退化到只有五种。如果有一个人,能够感应到其他的人已经麻木的自然现象,其他的人不但不信,而且好笑。

每一个人都说,在这个时代里,我们不再自然。每一个人又说,我们要求的只是那一点心灵的舒服,对于生命,要求的并不高。

这是,我们同时想摘星。我们不肯舍下那么重的负担,那么多柔软又坚韧的网,却抱怨人生的劳苦愁烦。不知自己便是住在一颗星球上,为何看不见它的光芒呢?

这里,对于一个简单的笨人,是合适的。对不简单的笨人,就不好了。

我只是返璞归真,感到的,也只是早晨醒来时没有那么深的计算和迷茫。

我不吃油腻的东西,我不过饱,这使我的身体清洁。我不做不可及的梦,这使我的睡眠安恬。我不穿高跟鞋折磨我的脚,这使我的步子更加悠闲安稳。我不跟潮流走,这使我的衣服永远长新,我不耻于活动四肢,这使我健康敏捷。我避开无事时过分热络的友谊,这使我少些负担和承诺。我不多说无谓的闲言,这使我觉得清畅。我尽可能不去缅怀往事,因为来时的路不可能回头。我当心的去爱别人,因为比较不会泛滥。我爱哭的时候便哭,想笑的时候便笑,只要这一切出于自然。

我不求深刻,只求简单。

赏情析理

有好多人都喜欢三毛,喜欢她的人,喜欢她的作品。她的离开,有好多人为她恸哭,为她神伤。

她的一篇很不起眼的文章,连名字都很不起眼——《简单》。在这篇文章的开头,就有一句话很吸引人,使人很有共鸣:一花一世界,一沙一天堂。我们在这拥挤复杂的世界里,就像一朵花,就如一粒沙,十分的渺小,每一个复杂的我们,就组成了这个世界。三毛说她想变成一个简单的人,被世人称为“笨”的人。

看了她的文章,终于明白,高中语文老师口中的“散文,行散而神聚”的最高境界了。“……人类,是一种贪得无厌的生物……追求幸福、快乐、和谐、富有、健康，甚而永生。”人也是一种矛盾复杂的生物，国与国之间划清了界限，民与民之间有了矛盾，却忘了彼此都只不过同为人类。邻居和自己之间筑起了高墙，我们居住在他人看不见的屋顶和墙内，才感到安全和自在。可是人类又耐不住寂寞，不可能孤立地离开群体而生活。

三毛毫不避讳地指出：人们崇拜神童，没有童年的儿童，才进得了那窄门。人类往往少年老成，青年迷茫，中年喜欢将别人的成就与自己相比较。

结论：快乐，只是国王的新衣，只有聪明的人才看得见。

人，想要简单一点，看似很难，但只要你如童话里面那个诚实的小孩，让心无尘埃，必定云淡风轻，那时你的眼中，就再无迷茫，即简单。

吾思吾悟

2. 心　愿

张爱玲

知人论世

张爱玲，中国现代作家，本名张瑛。1920 年 9 月 30 日出生在上海公共租界西区麦根路 313 号的一幢建于清末的仿西式豪宅中。家世显赫，祖父张佩纶是清末名臣，祖母李菊耦是朝廷重臣李鸿章的长女。一生创作大量文学作品，类型包括小说、散文、电影剧本以及文学论著。她的书信也被人们作为其著作的一部分加以研究。

经典再现

心　愿

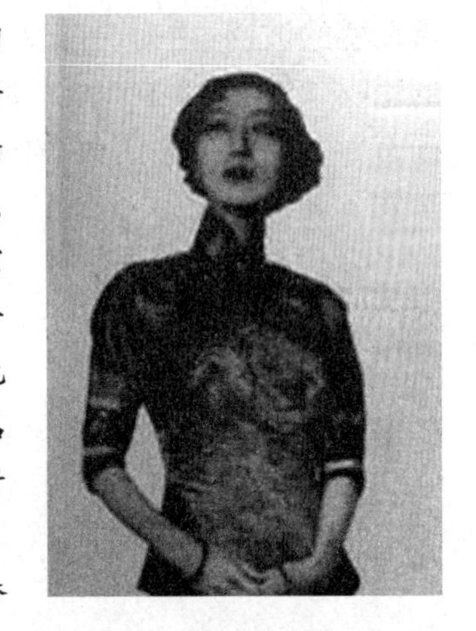

时间好比一把锋利的小刀,使用得不恰当,会在美丽的面孔上刻下深深的纹路,使旺盛的青春月复一月,年复一年地消磨掉;但是,使用恰当的话,它却能将一块普通的石头琢刻成宏伟的雕像。圣玛丽亚女校虽然已有五十年历史,仍是一块只会稍加雕琢的普通白石。随着时光的流逝,它也许会给尘埃染污,受风雨侵蚀,或破裂成片片碎石。另一方面,它也可以给时间的小刀仔细地、缓慢地、一寸一寸地刻成一个奇妙的雕像,置于米开朗琪罗的那些辉煌的作品中亦无愧色。这把小刀不仅为校长、教师和明日的学生所持有,我们全体同学都有权利操纵它。

如果我能活到白发苍苍的老年,我将在炉边宁静的睡梦中,寻找早年所熟悉的穿过绿色梅树林的小径。当然,那时候,今日年轻的梅树也必已进入愉快的晚年,伸出有力的臂膊遮蔽着纵横的小径。饱经风霜的古老钟楼,仍将兀立在金色的阳光中,发出在我听来是如此熟悉的钟声。在那缓慢而庄严的钟声里,高矮不一、脸蛋儿或苍白或红润、有些身材丰满、有些体形纤小的姑娘们,焕发着青春活力和朝气,像小溪般涌入教堂。在那里,她们将跪下祈祷,向上帝低声细诉她们的生活小事:她们的悲伤,她们的眼泪,她们的争吵,她们的喜爱,以及她们的宏愿。她们将祈求上帝帮助自己达到目标,成为作家、音乐家、教育家或理想的妻子。我还可以听到那古老的钟楼在祈祷声中发出回响,仿佛是低声回答她们:“是的,与全中国其他学校相比,圣玛利亚女校的宿舍未必是最大的,校内的花园也未必是最美丽的,但她无疑有最优秀、最勤奋好学的小姑娘,她们将以其日后辉煌的事业来为母校增光!”

听到这话语时,我的感受将取决于自己在毕业后的岁月里有无任何成就。如果我没有恪尽本分,丢了荣耀母校的权利,我将感到羞耻和悔恨。但如果我在努力为目标奋斗的路上取得成功,我可以欣慰地微笑,因为我也有份用时间这把小刀,雕刻出美好的学校生活的形象,虽然我的贡献是那样微不足道。

赏情析理

这是十六岁的张爱玲离开圣玛丽亚女校之际的临别赠言。与徐志摩《再别康桥》的柔美缠绵相比,此文少了一分眷恋与难舍之情,流露出的是这位女学生无比的自信与对未来的憧憬。她不时地鞭策自己成就“辉煌的事业来为母校增光”,并将此作为自己义不容辞的责任。

篇首的比喻独具匠心，苍凉中不乏希望，传达出张爱玲对人生的冷静关注和成熟解读。它贯穿文章始终，激起读者情感的波澜：由对时光如梭、年华虚度的悲叹，转而到事在人为、时间成就人的振奋。相信有志的你读后定会倍感奋发。

吾思吾悟

3. 假如我有九条命

余光中

知人论世

余光中1947年入金陵大学外语系（后转入厦门大学），1948年随父母迁香港，次年赴台，就读于台湾大学外文系，1952年毕业。1953年，与覃子豪、钟鼎文等共创“蓝星”诗社。后赴美进修，获爱荷华大学艺术硕士学位。返台后任师大、政大、台大及香港中文大学教授，现任台湾中山大学文学院院长。2012年4月，84岁的余光中受聘为北京大学“驻校诗人”。

假如我有九条命

假如我有九条命,就好了。

一条命,就可以专门应付现实的生活。苦命的丹麦王子说过:既有肉身,就注定要承受与生俱来的千般惊扰。现代人最烦的一件事,莫过于办手续;办手续最烦的一面莫过于填表格。表格愈大愈好填,但要整理和收存,却愈小愈方便。表格是机关发的,当然力求其小,于是申请人得在四根牙签就塞满了的细长格子里,填下自己的地址。许多人的地址都是节外生枝,街外有巷,巷中有弄,门牌还有几号之几,不知怎么填得进去。这时填表人真希望自己是神,能把须弥纳入芥子,或者只要在格中填上两个字:"天堂"。一张表填完,又来一张,上面还有密密麻麻的各条说明,必须皱眉细阅。至于照片、印章,以及各种证件的号码,更是缺一不可。于是半条命已去了,剩下的半条勉强可以用来回信和开会,假如你找得到相关的来信,受得了邻座的烟熏。

一条命,有心留在台北的老宅,陪伴父亲和岳母。父亲年逾九十,右眼失明,左眼不清。他原是最外倾好动的人,喜欢与乡亲契阔谈宴,现在却坐困在半昧不明的寂寞世界里,出不得门,只能追忆冥隔了二十七年的亡妻,怀念分散在外地的子媳和孙女。岳母也已过了八十,五年前断腿至今,步履不再稳便,却能勉力以蹒跚之身,照顾旁边的朦胧之人。她原是我的姨母,家母亡故以来,她便迁来同住,主持失去了主妇之家的琐务,对我的殷殷照拂,情如半母,使我常常感念天无绝人之路,我失去了母亲,神却再补我一个。

一条命,用来做丈夫和爸爸。世界上大概很少全职的丈夫,男人忙于外务,做这件事不过是兼差。女人做妻子,往往却是专职。女人填表,可以自称"主妇"(housewife),却从未见过男人自称"主夫"(househusband)。一个人有好太太,必定是天意,这样的神恩应该细加体会,切勿视为当然。我觉得自己做丈夫比做爸爸要称职一点,原因正是有个好太太。做母亲的既然那么能干而又负责,做父亲的也就乐得"垂拱而治"了。所以我家实行的是总理制,我只是合照上那位俨然的元首。四个女儿天各一方,负责通信、打电话的是母亲,做父亲的总是在忙别的事情,只在心底默默怀念着她们。

一条命,用来做朋友。中国的"旧男人"做丈夫虽然只是兼职,但是做起朋友来却是专任。妻子如果成全丈夫,让他仗义疏财,去做一个漂亮的朋友,"江湖人称小孟尝",便能赢得贤名。这种有友无妻的作风,“新男人”当然不取。不过新男人也不能遗世独立,不交朋友。要表现得“够朋友”,就得有闲、有钱,才能近悦远来。穷忙的人怎敢放手去交游?我不算太穷,却穷于时间,在“够朋友”上面只敢维持低姿态,大半仅是应战。跟身边的朋友打完消耗战,再无余力和远方的朋友隔海越洲,维持庞大的通讯网了。演成近交而不远攻的局面,虽云目光如豆,却也由于鞭长莫及。

一条命,用来读书。世界上的书太多了,古人的书尚未读通三卷两帙,今人的书又汹涌而来,将人淹没。谁要是能把朋友题赠的大著通通读完,在斯文圈里就称得上是圣人了。有人读书,是纵情任性地乱读,只读自己喜欢的书,也能成为名士。有人呢是苦心孤诣地精读,只读名门正派的书,立志成为通儒。我呢,论狂放不敢做名士,论修养不够做通儒,有点不上不下。要是我不写作,就可以规规矩矩地治学;或者不教书,就可以痛痛快快地读书。

假如有一条命专供读书,当然就无所谓了。书要教得好,也要全力以赴,不能随便。老师考学生,毕竟范围有限,题目有形。学生考老师,往往无限又无形。上课之前要备课,下课之后要阅卷,这一切都还有限。倒是在教室以外和学生闲谈问答之间,更能发挥“人师”之功,在“教”外施“化”。常言“名师出高徒”,未必尽然。老师太有名了,便忙于外务,席不暇暖,怎能即之也温?倒是有一些老师“博学而无所成名”,能经常与学生接触,产生实效。

另一条命应该完全用来写作。台湾的作家极少是专业,大半另有正职。我的正职是教书,幸而所教与所写颇有相通之处,不至于互相排斥。以前在台湾,我日间教英文,夜间写中文,颇能并行不悖。后来在香港,我日间教三十年代文学,夜间写八十年代文学,也可以各行其是。不过艺术是需要全神投入的活动,没有一位兼职然而认真的艺术家不把艺术放在主位。鲁本斯任荷兰驻西班牙大使,每天下午在御花园里作画。一位侍臣在园中走过,说道:“哟,外交家有时也画几张画消遣呢。”鲁本斯答道:“错了,艺术家有时为了消遣,也办点外交。”陆游诗云:“看渠胸次隘宇宙,惜哉千万不一施。空回英概入笔墨,生民清庙非唐诗。向令天开太宗业,马周遇合非公谁?后世但作诗人看,使我抚几空嗟咨。”陆游认为杜甫之才应立功,而不应仅仅立言,看法和鲁本斯正好相反。我赞成鲁本斯的看法,认为立言已足自豪。鲁本斯所以传后,是由于他的艺术,不是他的外交。

一条命,专门用来旅行。我认为没有人不喜欢到处去看看:多看他人,多阅他乡,不但可以认识世界,亦可以认识自己。有人旅行是乘豪华邮轮,谢灵运再世大概也会如此。有人背负行囊,翻山越岭。有人骑自行车环游天下。这些都令我羡慕。我所优为的,却是驾车长征,去看天涯海角。我的太太比我更爱旅行,所以夫妻两人正好互作旅伴,这一点只怕徐霞客也要艳羡。不过徐霞客是大旅行家、大探险家,我们,只是浅游而已。

最后还剩一条命,用来从从容容地过日子,看花开花谢,人往人来,并不特别要追求什么,也不被“截止日期”所追迫。

赏情析理

余光中先生的散文《假如我有九条命》，语言质朴，结构严谨，想象丰富，感情真挚。作者之所以去作“九条命”的假设，就是因为感觉自己仅有一条“命”太少了，诸多必做的事务没有办法应付过来。但这里还有另外一个问题：作者为什么去假设自己有“九条命”，而不是“八条命”，也不是“七条命”呢？细细品味就可以知道，作者所假设的这“九条命”，完全是缘于九种情。

一条命为耐生活之情。之所以用“耐”，是因为生活中既有“千般惊扰”，又有“最烦的”事，而这“最烦的”事还必须去做，那当然就需要有“耐力”，就需要用“半条命”去应付。剩下的“半条命”还得用来“回信和开会”，这好像就不需要耐力了，其实不然，因为“回信”还要找到“相关的来信”，还要受“邻座的烟熏”，没有相当的耐力也是办不到的。生活是作者人生的必需，他有这种耐力，就是缘于有生活之情。

一条命为孝父母之情。父亲年迈身残，岳母年迈身残，只有“情如半母”的姨母来支撑着自己的家，作者思尽为人子之孝，因此想要有一条命来做自己该做的事，尽自己该尽的义务。作者的这种情是他品质的体现，也是中华民族优良传统的体现，因此情也就显得分外宝贵，这条“命”也显得分外有价值。

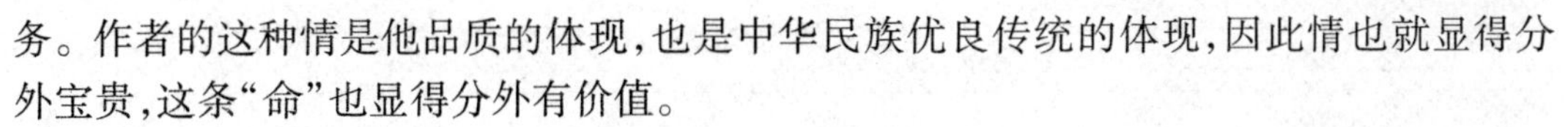

一条命为爱妻儿之情。作者这种爱妻儿的情，更确切地说应该是一种歉疚之情，他自觉对妻子体贴得少，对女儿照顾得少，只有在心里“细加体会”爱妻的柔情，也只有在心里“默默怀念”可爱的女儿。有了这种亲情，才是人生的一种幸福，因此作者才用一条命来陪伴她们。

一条命为念朋友之情。作者作为“新男人”，不想“遗世独立”，但他有钱而“穷于时间”，于是便只能尽其心其力而为了，讲究一点策略，做到适可而止。但这种情也是非常非常重要的，也应该用一条命来做。

一条命为顾读书之情。书是永远也读不完的，有古人的书，更有今人的书；加之作者还要用时间来写作，用精力来教书，那读书就更显紧张了。但是，读书是成就人生的必由路径，不读书也就没有了学问，也就没有了文人，也就没有了余光中。因此，作者无论如何也不能放松读书一事，便将一条命交给心爱的书了。

一条命为重教书之情。文化是要传承的，但作者自觉“忙于外务，席不暇暖”，在教书方面有诸多不足之处，于是便思“经常与学生接触”，以“产生实效”了。作者在想办法教书，在想办法把书教好，他情愿为教书而投入自己的精力，这也说明教书育人是他非做不可的事，因此他才用一条命来做。作者这种竭力培养后人的精神是可钦可敬的。

一条命为思写作之情。作者酷爱写作,也在写作方面有很大成就。他之所以要用一条命来进行写作,一方面是因为爱,另一方面是因为写作“需要全神投入”。半心半意不能搞写作,三心二意更不能搞写作。作者用自己的体会和鲁本斯的事例说明了对待写作应该采取的方法与态度,而且在讲这些的时候,那种自豪与信心早已溢于言表。写作就是他的生命,用一条命来做理所应当。

一条命为慕旅行之情。作者深深仰慕古人“读万卷书,行万里路”的做法,更想付诸行动。而且他将自己与谢灵运和徐霞客并提,更见其志向。且余先生能与尤其有此喜好的太太在一起旅行,更是情趣流彩,令古今之人都艳羡称叹。这是他生活的重要组成部分,当然要用生命做下去。

一条命为恋恬淡之情。作者的可贵之处在于,他有显要之名却不思显要之位,有超人之才却不具超人之欲。他深深懂得:平平淡淡才是真,从从容容最可求。如此,人生才过得踏实而平稳。作者这种求实的精神,也就奠定了他成就事业的坚实基础。他用一条命来恋恬淡之情,充分表现了他长远的眼光和不俗的志向。

九条命缘于九种情,一种情就是一个多彩的世界。由此可见,余光中先生的心灵世界是如何多姿多彩,他的事业又是如何灿烂耀目。

吾思吾悟

4. 清净之莲

林清玄

知人论世

林清玄,笔名秦情。1953年生于中国台湾省旗山。毕业于台湾世界新闻专科学校,曾任台湾《中国时报》海外版记者、《工商时报》经济记者、《时报杂志》主编等职。他是台湾作家中最高产的一位,也是获得各类文学奖最多的一位。他被誉为“当代散文八大家”之一。

清净之莲

偶尔在人行道上散步,忽然看到从街道延伸出去,在极远极远的地方,一轮夕阳正挂在街的尽头,这时我会想:如此美丽的夕阳实在是预示了一天即将落幕。

偶尔在某一条路上,见到木棉花叶落尽的枯枝,深褐色的,孤独地站在街旁,有一种萧索的姿势,这时我会想:木棉又落了,人生看美丽木棉花的开放能有几回呢?

偶尔在路旁的咖啡座,看绿灯亮起,一位衣着素朴的老妇,牵着衣饰绚如春花的小孙女,匆匆地横过马路,这时我会想:那年老的老妇曾经是花一般美丽的少女,而那少女则有一天会成为牵着孙女的老妇。

偶尔在路上的行人陆桥站住,俯视着在陆桥下川流不息,往四面八方奔窜的车流,却感觉那样的奔驰仿佛是一个静止的画面,这时我会想:到底哪里是起点?而何处才是终点呢?

偶尔回到家里,打开水龙头要洗手,看到喷涌而出的清水,急促地流淌,突然使我站在那里,有了深深的颤动,这时我想着:水龙头流出来的好像不是水,而是时间、心情,或者是一种思绪。

偶尔在乡间小道上,发现了一株被人遗忘的蝴蝶花,形状像极了凤凰花,却比凤凰花更典雅,我倾身闻着花香的时候,一朵蝴蝶花突然飘落下来,让我大吃一惊,这时候我会想:这花是蝴蝶的幻影,或者蝴蝶是花的前身呢?

偶尔在寂静的夜里,听到邻人饲养的猫在屋顶上为情欲追逐,互相惨烈的嘶叫,让人的寒毛全部为之竖立,这时我会想:动物的情欲是如此的粗糙,但如果我们站在比较细腻的高点来回观人类,人不也是那样粗糙的动物吗?

偶尔在山中的小池塘里,见到一朵红色的睡莲,从泥沼的浅池上昂然抽出,开出了一句美丽的音符,仿佛无视于外围的污浊,这时我会想:呀!呀!究竟要怎么样的历练,我们才能像这一朵清净之莲呢?

偶尔……

偶尔我们也是和别人相同地生活着,可是我们让自己的心平静如无波之湖,我们就能以明朗清澈的心情来照见这个无边的复杂的世界,在一切的优美、败坏、清明、污浊之中都找到智慧。我们如果是有智慧的人,一切烦恼都会带来觉悟,而一切小事都能使我们感知它的意义与价值。

在人间寻求智慧也不是那样难的，最要紧的是，使我们自己有柔软的心，柔软到我们看到一朵花中的一片花瓣落下，都使我们动容颤抖，知悉它的意义。

唯其柔软，我们才能敏感；唯其柔软，我们才能包容；唯其柔软，我们才能精致；也唯其柔软，我们才能超拔自我，在受伤的时候甚至能包容我们的伤口。

柔软心是大悲心的芽苗，柔软心也是菩提心的种子，柔软心是我们在俗世中生活，还能时时感知自我清明的泉源。

那最美的花瓣是柔软的，那最绿的草原是柔软的，那最广大的海是柔软的，那无边的天空是柔软的，那在天空自在飞翔的云，最是柔软的！

我们的心柔软，可以比花瓣更美，比草原更绿，比海洋更广，比天空更无边，比云还要自在。柔软是最有力量的，也是最恒常的。

且让我们在卑湿污泥的人间，开出柔软清净的智慧之莲吧！

赏情析理

这是一篇富于哲理的散文诗。无论是思想深度的表述，还是写作技巧的运用都是非常出色的。假如我们都"能以明朗清澈的心情来照见这个无边的复杂的世界"，那么"在一切的优美、败坏、清明、污浊之中"就都能找到智慧。

当开始读《清净之莲》的时候，作者的"偶尔"连续出场让人感到一个"偶尔"就是一朵智慧之莲。且看作者偶尔看到"一轮夕阳正挂在街的尽头"，会想到"如此美丽的夕阳实在是预示了一天即将落幕"；且看作者回到家里，看到喷涌而出的清水，会想到"水龙头流出来的好像不是水，而是时间、心情，或者是一种思绪"；作者看到在山中小池塘里的一朵红色睡莲，从泥沼的浅地中昂然抽出美丽的音符，"仿佛无视于外围的污浊"的时候，竟然会想起"究竟要怎么样的历练，我们才能像这一朵清净之莲呢"。一连串的偶尔，一连串的智慧之莲彻底征服了读者。读完这篇散文诗，让人有了深深的颤动。作者需要拥有一颗怎样的心灵，才可以如此敏感地感受世界，包容世界，才能"在一切的优美、败坏、清明、污浊之中都找到智慧"。是的，"我们如果是有智慧的人，一切烦恼都会带来觉悟，而一切小事都能使我们感知它的意义与价值"。

可是，我们都是有智慧的人吗？寻求智慧难吗？读到这里，《清净之莲》给读者带来了疑问，这是作者的高明。他在这首散文诗里，流泻下一连串"偶尔"的智慧，乃至无穷无尽，造就了文章的气势。而正当我们喘不过气时，作者告诉我们"在人间寻求智慧也不是那样难的"。这一揭示恰到好处，一下子就把读者的兴趣领进了智慧的殿堂。

自然而然，作者开始讲述自己智慧的秘诀。除了要有澄明之心外，还需要有柔软的心，甚至柔软到“看到一朵花中的一片花瓣落下，都使我们动容颤抖”。因为只有这样，我们才能敏感、包容、精致，才能超拔自我，甚至在受伤的时候也能包容我们的伤口。于是，我们获知了柔软心的重要性。

可作者还不止于此。他继续写道：“柔软心是大悲心的芽苗，柔软心也是菩提心的种子，柔软心是我们在俗世中生活，还能时时感知自我清明的泉源。”在这里，智慧之光有了佛家的色彩，大悲心与菩提心似乎也正是人世中所缺少的。散文诗《清净之莲》写到这里，我们终于明白智慧的根源来自于我们的内心最深处。只要我们拥有作者所言的“柔软心”，我们同样也可以感受到作者在文章开篇时，带给我们无限惊讶的“偶尔”的智慧之光。

是的，我们“究竟要怎么样的历练”，“才能像这一朵清净之莲呢”？作者已经告诉我们，只要我们的心足够柔软。我们心的柔软，甚至“可以比花瓣更美，比草原更绿，比海洋更广，比天空更无边，比云还要自在”。“柔软是最有力量的，也是最恒常的。且让我们在卑湿污泥的人间，开出柔软清净的智慧之莲吧！”

吾思吾悟

5. 人生三境界

池　莉

知人论世

池莉，湖北仙桃人，1986 年毕业于武汉大学中文系，中国当代著名女作家，中国作家协会会员，现任武汉市文联主席。其代表作品有《生活秀》《来来往往》《不谈爱情》《太阳出世》等。

人生三境界

人生有三重境界,这三重境界可以用一段充满禅机的语言来说明,这段语言便是:看山是山,看水是水;看山不是山,看水不是水;看山还是山,看水还是水。

这就是说一个人的人生之初纯洁无瑕,初识世界,一切都是新鲜的,眼睛看见什么就是什么,人家告诉他这是山,他就认识了山,告诉他这是水,他就认识了水。

随着年龄渐长,经历的世事渐多,就发现这个世界的问题了。这个世界问题越来越多,越来越复杂,经常是黑白颠倒,是非混淆,无理走遍天下,有理寸步难行,好人无好报,恶人活千年。进入这个阶段,人是激愤的,不平的,忧虑的,疑问的,警惕的,复杂的。人不愿意再轻易地相信什么。人这个时候看山也感慨,看水也叹息,借古讽今,指桑骂槐。山自然不再是单纯的山,水自然不再是单纯的水。一切的一切都是人的主观意志的载体,所谓好风凭借力,送我上青云。一个人倘若停留在人生的这一分阶段,那就苦了这条性命了。人就会这山望了那山高,不停地攀登,争强好胜,与人比较,怎么做人,如何处世,绞尽脑汁,机关算尽,永无满足的一天。因为这个世界原本就是一个圆的,人外还有人,天外还有天,循环往复,绿水长流。而人的生命是短暂的有限的,哪里能够去与永恒和无限计较呢?

许多人到了人生的第二重境界就到了人生的终点。追求一生,劳碌一生,心高气傲一生,最后发现自己并没有达到自己的理想,于是抱恨终生。但是有一些人通过自己的修炼,终于把自己提升到了第三重人生境界。茅塞顿开,回归自然。人这个时候便会专心致志做自己应该做的事情,不与旁人有任何计较。任你红尘滚滚,我自清风朗月。面对芜杂世俗之事,一笑了之,了了有何不了。这个时候的人看山又是山,看水又是水了。正是:人本是人,不必刻意去做人;世本是世,无须精心去处世,便也就是真正的做人与处世了。

赏情析理

池莉用一句很有哲理的禅语来释读人生:看山是山,看水是水;看山不是山,看水不

是水；看山还是山，看水还是水。一句简单的话语却能道出人生真正的感悟。

人也许只有年少时的心才能抵御世俗的侵染，也许只有未知世事的心才能面朝大海春暖花开。当我们还是懵懂少年的时候，淡然的心总是幻想更多的美好，从不知真正的社会并不是舞台上凤冠霞帔的美丽，落幕后的悲哀、落幕后的失落，才是我们真正要面对的。

当时间在指尖不经意地划过的时候，我们也慢慢地长大，在红尘中我们学会做人，也学会生活。生活是美好的，总是让人在记忆中温存它的美丽，但是生活又是残酷的，总让我们背负太多的伤痛。生活在教会我们爱的同时，也教会了我们什么叫伤害，教会我们什么是成功的同时，又总是让我们尝尽失败的苦，使我们相信善良，却又总是安排背叛与我们重逢，也许这就是生活的真谛。

在生活的道路上，也许我们都走得很辛苦。花开时，我们欣喜；花落时，又总是伤感。感性的人总是能在世俗中缠绕一身的烦恼，看山也感慨，看水也叹息。红尘中总是隐藏了太多的惆怅，总想站得更高，却总是害怕摔得更疼，总想出人头地，却总有山外山、人外人。一切总是无法使自己在生活的浪潮中浪遏飞舟，生命的短暂又总是让人即将看到曙光时又不得不为之来得太晚而落泪。

当我们跨入第三阶段的时候，也许会以一种释然的心来对待生活，惊涛骇浪中，也许好多人都无法保全，在混沌的红尘中抱憾终生，但是走过来，就是坦途。是的，当我们茅塞顿开时，一切都如过眼烟云，以一种淡然的心态诠释生活，以一种美妙的姿态笑对人生，一切都只是简简单单。任你红尘滚滚，我自清风朗月，面对芜杂世俗之事，一笑了之，了了有何不可。

人本来只是简单之人，不必刻意去做人。世本来只是平凡之世，无须精心处世。生活也只是生活而已，平平淡淡也许才是真正的美。

吾思吾悟

6. 破碎的美丽

乔　叶

知人论世

乔叶,河南省修武县人,1993 年开始发表文学作品,河南省文学院专业作家,中国作协会员,鲁迅文学院高研班第三期学员,河南省作家协会副主席。出版散文集《孤独的纸灯笼》《坐在我的左边》《自己的观音》《薄冰之舞》《在喜欢和爱之间》《迎着灰尘跳舞》《我们的翅膀店》等,出版长篇小说《我是真的热爱你》,获首届河南省文学奖及第三届河南省文学艺术成果奖青年鼓励奖。

总体看来,乔叶的文学创作大致可分为两个部分,即散文创作和小说创作。

经典再现

破碎的美丽

有时候,我甚至相信:只有破碎的东西才是美丽的。

我喜欢断树残枝枯枝萎叶,也喜欢旧寺锈钟破门颓墙,喜欢庭院深深一蓬秋草,石阶倾斜玉栏折裂,喜欢云雾冷星陨月缺根竭茎衰柳败花残,喜欢一个沉默的老人穿着褪色的衣裳走街串巷捡拾破烂,喜欢一个小女孩瘦弱的双肩背着花布块拼成的旧书包去上学。我甚至喜欢一个缺了口的啤酒瓶或一只被踩扁的易拉罐在地上默默的滚动,然后静止。每当我看到这些零星琐屑的人情事物时,我总是很专注地凝视着他们,直到把他们望到很远很远的境界中去。

我不知道自己是不是出于一种变态心理,但我确实深深相信:破碎的东西比完整的东西更为真实,更为深刻,虽然它是那么平常,那么清淡,那么落魄,甚至那么狼狈。他们从光艳十足无可挑剔的巅峰骤然落地或是慢慢地坠下慢慢地沉淀慢慢地变形,然后破碎,然后走进我的视线中,走到辉煌已假借给别人的今天。

我不知道他们曾经怎样美丽过，所以我无法想象他们的美丽。也因此，我深深沉醉于这种不可想象不可求源的美丽之中，挖掘着他们绚丽的往昔，然后，蓦然回首，将这两种生命形态拉至眼前，黯然泪下。这不可解释的一切蕴含着多少难以诉说的风花雪月悲欢离合，蕴含着多少沧桑世事中永恒的感伤和无垠的苍凉啊！

破碎的事物就这样印满了重重叠叠的生命的影迹，那么沉厚，那么绰约，却那么美丽。

同样，很残忍的，我相信破碎的灵魂才最美丽。

我喜欢看人痛哭失声，喜欢听人狂声怒吼，喜欢人酒后失态吐出一些埋在心底发酵的往事，喜欢看一个单相思的人于心爱者的新婚之夜在雨中持伞默立。我喜欢素日沉静安然的人喋喋不休地诉说苦难，一向喜悦满足的人忽然会沮丧和失落，苍老的人忆起发黄的青春，孤傲的人忏悔错过的爱情。我喜欢明星失宠后凄然一笑，英雄暮年时忍痛回首，官场失意者独品清茶，红颜逝去的佳丽对镜哀思。我喜欢人们在最薄弱最不设防的时候挖出自己最痛最疼的那一部分东西，然后颤抖，然后哭泣，然后让心灵流出血来。

每当这时候，哪怕我对眼前的人一无所知，我也一定会相信：这个人拥有一个曾经非常美好现在依然美好的灵魂，他经历的辛酸和苦难以及那些难以触怀的心事和情绪是他生命中最深的印记和最珍爱的储藏。只有等他破碎的时候，他才会放出这些幽居中已久的鸽子，并且启窗露出自己最真实的容颜。我知道：只要他的窗子曾经打开过——哪怕仅打开一秒钟，他就不会是一个老死的石屋了。

能够破碎的人，必定真正地活过。林黛玉的破碎，在于她有刻骨铭心的爱情；三毛的破碎，源于她历尽沧桑后一刹那的明彻和超脱；凡·高的破碎，是太阳用金黄的刀子让他在光明中不断剧痛；贝多芬的破碎，则是灵性至极的黑白键撞击生命的悲壮乐章。如果说那些平凡者的破碎泄露的是人性最纯最美的光点，那么这些优秀灵魂的破碎则如银色的礼花开满了我们头顶的天空。我们从中汲取了多少人生的梦想和真谛啊！

我不得不喜欢这些能把眼睛剜出血来的破碎的美丽，这些悲哀而持久的美丽。他们直接触动我心灵中最柔软部分，让我随他们流泪欢笑叹息或者是沉默——那是一种多么令人心悸的快感啊！而此时，我知道：没有多少人能像我一样享受这种别致的幸福和欢乐，没有多少人知道这种破碎的美丽是如何细细密密地铺满我们门前的田野和草场，如同今夜细细密密的月光。

是谁说过：一朵花的美丽，就在于她的绽放。而绽放其实正是花心的破碎啊。

赏情析理

当芸芸众生都在苦苦追求着所谓的“完美”时，乔叶却在对“美”的定义上标新立异，提出“只有破碎的东西才是美丽的”，“一个曾经非常美好现在依然美好的灵魂”体现了作者虽为破碎而心动，但也相信这个充满破碎却美好的世界，继而引出她自己对于“破碎的美丽”的独到见解。跟随作者的笔触，我们看到了生活中的种种“破碎”之象，然后“沉

醉于这种不可想象不可求源的美丽之中,挖掘着它们绚丽的往昔,然后,蓦然回首,将这两种生命形态拉至眼前,黯然泪下”,或徜徉那些“优秀灵魂”破碎后布满银色礼花的天空。中间一整段的“破碎”描写独到地体现了作者的观察细致。“让心灵流出血来”抒发了作者对残酷社会的不满以及对埋藏于心中的伤痛和美好的宣泄。

乔叶带给了我们一种对于美的完全不同的体验。“完美”固然可贵,但“破碎”又何尝不是呢?“而绽放其实正是花心的破碎啊”正是她对于人心上的尘土及浮躁的社会的感慨,是对于“破碎”的完美独特见解,从而告诫人们要珍惜现存的美好,勿待到破碎降临时追悔莫及。

吾思吾悟

7. 提醒幸福

毕淑敏

知人论世

毕淑敏,中国当代女作家,注册心理咨询师,祖籍山东文登,出生于新疆伊宁,北京师范大学研究生院文学系硕士,国家一级作家。1969 年入中国人民解放军服役,曾在西藏阿里地区当兵 11 年,是一名部队医生。转业后,任内科主治医师。1986 年开始发表文学作品。1989 年加入中国作家协会,是中国作协第五、六、七届全国委员。现任北京市作家协会副主席。她的每部作品,

都以生命和死亡为主题。这主要是来源于毕淑敏曾长期在西藏高原工作的生活体验和思考。曾获庄重文文学奖等。

提醒幸福

我们从小就习惯了在提醒中过日子。天气刚有一丝风吹草动,妈妈就说,别忘了多穿衣服。才相识了一个朋友,爸爸就说,小心他是个骗子。你取得了一点成功,还没容得乐出声来,所有关切着你的人一起说,别骄傲!你沉浸在欢快中的时候,自己不停地对自己说:"千万不可太高兴,苦难也许马上就要降临……"我们已经习惯了在提醒中过日子。看得见的恐惧和看不见的恐惧始终像乌鸦盘旋在头顶。

在皓月当空的良宵,提醒会走出来对你说:注意风暴。于是我们忽略了皎洁的月光,急急忙忙做好风暴来临前的一切准备。当我们大睁着眼睛枕戈待旦之时,风暴却像迟归的羊群,不知在哪里徘徊。当我们实在忍受不了等待灾难的煎熬时,我们甚至会恶意地祈盼风暴早些到来。

风暴终于姗姗地来了。我们怅然发现,所做的准备多半是没有用的。事先能够抵御的风险毕竟有限,世上无法预计的灾难却是无限的。战胜灾难靠的更多的是临门一脚,先前的惴惴不安帮不上忙。

当风暴的尾巴终于远去,我们守住零乱的家园。气还没有喘匀,新的提醒又智慧地响起来,我们又开始对未来充满恐惧的期待。

人生总是有灾难。其实大多数人早已练就了对灾难的从容,我们只是还没有学会灾难间隙的快活。我们太多注重了自己警觉苦难,我们太忽视提醒幸福。请从此注意幸福!幸福也需要提醒吗?

提醒注意跌倒……提醒注意路滑……提醒受骗上当……提醒荣辱不惊……先哲们提醒了我们一万零一次,却不提醒我们幸福。

也许他们认为幸福不提醒也跑不了的。也许他们以为好的东西你自会珍惜,犯不上谆谆告诫。也许他们太崇尚血与火,觉得幸福无足挂齿。他们总是站在危崖上,指点我们逃离未来的苦难。但避去苦难之后的时间是什么?

那就是幸福啊!

享受幸福是需要学习的,当幸福即将来临的时刻需要提醒。人可以自然而然地学会感官的享乐,人却无法天生地掌握幸福的韵律。灵魂的快意同器官的舒适像一对孪生兄弟,时而相傍相依,时而南辕北辙。

幸福是一种心灵的震颤。它像会倾听音乐的耳朵一样,需要不断地训练。

简言之,幸福就是没有痛苦的时刻。它出现的频率并不像我们想象的那样少。

人们常常只是在幸福的金马车已经驶过去很远,捡起地上的金鬃毛说,原来我见过它。

人们喜爱回味幸福的标本,却忽略幸福披着露水散发清香的时刻。那时候我们往往步履匆匆,瞻前顾后不知在忙着什么。

世上有预报台风的,有预报蝗虫的,有预报瘟疫的,有预报地震的。没有人预报幸福。其实幸福和世界万物一样,有它的征兆。

幸福常常是朦胧的,很有节制地向我们喷洒甘霖。你不要总希冀轰轰烈烈的幸福,它多半只是悄悄地扑面而来。你也不要企图把水龙头拧得更大,使幸福很快地流失。而需静静地以平和之心,体验幸福的真谛。

幸福绝大多数是朴素的。它不会像信号弹似的,在很高的天际闪烁红色的光芒。它披着本色外衣,亲切温暖地包裹起我们。

幸福不喜欢喧嚣浮华,常常在黯淡中降临。贫困中相濡以沫的一块糕饼,患难中心心相印的一个眼神,父亲一次粗糙的抚摸,女友一个温馨的字条……这都是千金难买的幸福啊。像一粒粒缀在旧绸子上的红宝石,在凄凉中愈发熠熠夺目。

幸福有时会同我们开一个玩笑,乔装打扮而来。机遇、友情、成功、团圆……

它们都酷似幸福,但它们并不等同于幸福。幸福会借了它们的衣裙,袅袅婷婷而来,走得近了,揭去帏幔,才发觉它有钢铁般的内核。幸福有时会很短暂,不像苦难似的笼罩天空。如果把人生的苦难和幸福分置天平两端,苦难体积庞大,幸福可能只是一块小小的矿石。但指针一定要向幸福这一侧倾斜,因为它有生命的黄金。

幸福有梯形的切面,它可以扩大也可以缩小,就看你是否珍惜。

我们要提高对于幸福的警惕,当它到来的时刻,激情地享受每一分钟。据科学家研究,有意注意的结果比无意要好得多。

当春天来临的时候,我们要对自己说,这是春天啦！心里就会泛起茸茸的绿意。

幸福的时候,我们要对自己说,请记住这一刻！幸福就会长久地伴随我们。那我们岂不是拥有了更多的幸福！

所以,丰收的季节,先不要去想可能的灾年,我们还有漫长的冬季来得及考虑这件事。我们要和朋友们跳舞唱歌,渲染喜悦。既然种子已经回报了汗水,我们就有权沉浸幸福。不要管以后的风霜雨雪,让我们先把麦子磨成面粉,烘一个香喷喷的面包。

所以,当我们从天涯海角相聚在一起的时候,请不要踌躇片刻后的别离。在今后漫长的岁月里,有无数孤寂的夜晚可以独自品尝愁绪。现在的每一分钟,都让它像纯净的酒精,燃烧成幸福的淡蓝色火焰,不留一丝渣滓。让我们一起举杯,说:我们幸福。

所以,当我们守候在年迈的父母膝下时,哪怕他们鬓发苍苍,哪怕他们垂垂老矣,你都要有勇气对自己说:我很幸福。因为天地无常,总有一天你会失去他们,会无限追悔此刻的时光。

幸福并不与财富地位声望婚姻同步,这只是你心灵的感觉。

所以,当我们一无所有的时候,我们也能够说:我很幸福。因为我们还有健康的身体。当我们不再享有健康的时候,那些最勇敢的人可以依然微笑着说:我很幸福。因为我还有一颗健康的心。甚至当我们连心也不再存在的时候,那些人类最优秀的分子仍旧可以对宇宙大声说:我很幸福。因为我曾经生活过。

常常提醒自己注意幸福,就像在寒冷的日子里经常看看太阳,心就不知不觉暖洋洋亮光光。

赏情析理

幸福是人生“滋味”之一,没有人不渴望得到她、拥有她,但也许是人们对“幸福”的渴望太强烈、太迫切、太在乎了,所以只顾诚惶诚恐、战战兢兢地围着幸福搓手转圈子,转了一圈又一圈,始终没有真正靠近她、得到她。作者明了这一切,着急又心疼,她语重心长地说:“我们太多注重了自己警觉苦难,我们太忽视提醒幸福。”她激动地提醒我们:“请从此注意幸福!”

作为一篇议论性的散文,尽管作者出笔机智,文辞富丽,像鸭子一样扎了一个猛子又甩了一片漂亮的水花,锣鼓喧天了一个时辰,最后还是在该提出“论点”的地方提出了论点。

原来,人们在寻找幸福的战斗中陷入了自己布下的“八卦阵”走不出来了。这里有一串排比句子:“也许他们认为幸福不提醒也跑不了的。也许……”,点中了大多数人迷失于寻找幸福的过程中的要害。原来人们并不能“天生地掌握幸福的韵律”,感觉幸福的本领并不是“可以自然而然地学会”的。因为“灵魂的快意同器官的舒适像一对孪生兄弟,时而相傍相依,时而南辕北辙”。原来幸福离不开“器官的舒适”,但不等于“器官的舒适”本身,幸福发源于“心灵的震颤”,形成于能够感觉幸福的经过训练的“耳朵”。

走出误区的寻找是高效的。“其实幸福和世界万物一样,有它的征兆。”作者用一大串排比段落正面描画幸福的模样:“幸福常常是朦胧的”“幸福绝大多数是朴素的”“幸福不喜欢喧嚣浮华,常常在黯淡中降临”“幸福有时会同我们开一个玩笑,乔装打扮而来”“幸福有梯形的切面”。

认识了幸福之后,寻找起来就方便多了。掌握科学的认知方法也是不可缺少的素质。提高警惕,享受幸福。“有意注意的结果比无意要好得多”,举个例子说吧,“当春天来临的时候,我们要对自己说,这是春天啦!心里就会泛起茸茸的绿意”,当“幸福的时候,我们要对自己说,请记住这一刻!幸福就会长久地伴随我们”。这样,我们就拥有了更多的幸福。

《提醒幸福》"提醒"了我们很多东西，当作者以绵里藏针的方式说出"幸福并不与财富地位声望婚姻同步，这只是你心灵的感觉"时，有没有拍案叫绝的冲动或者豁然开朗的感觉？这正是议论性（哲理性）散文的独特魅力。这种散文的另一个魅力点是它高超的修辞功夫总是与精警的思想内涵紧密结合在一起，感动人心、陶冶性情、开启智慧在同一个流程中完成。

吾思吾悟

8. 关于友情（节选）

余秋雨

知人论世

余秋雨，1946年生，浙江余姚人，我国著名美学家、作家、艺术理论家、中国文化史学者。曾任上海戏剧学院院长。现任上海戏剧学院教授，上海写作学会会长。在内地和台湾出版中外艺术史论专著多部，曾赴海内外许多大学和文化机构讲学。1987年被授予"国家级突出贡献专家"荣誉称号，并担任多所大学的教授。近年来，在教学和学术研究之余所著散文集《文化苦旅》先后获上海市文学艺术优秀成果奖、台湾联合报读书最佳书奖、金石堂最具影响力的书奖、上海市出版一等奖等。1983年出版《戏剧理论史稿》，此书是中国大陆首部完整阐释世界各国自远古到现代的文化发展和戏剧思想的史论著作，在出版后次年，即获全国首届戏剧理论著作奖，十年后获文化部全国优秀教材一等奖。1985年，余秋雨出版中国大陆首部戏剧美学著作——《戏剧审美心理学》，次年亦荣获上海市哲学社会科学著作奖。其学术水平可见一二。入载英国剑桥《世界名人录》《国际著名学者录》《杰出贡献者名录》以及美国传记协会的《五千世界名人录》等。2004年底，被联合国教科文组织、北京大学、《中华英才》编辑部等机构选为“中国十大艺术精英”和“中国文化传播坐标人物”。余秋雨著名的散文集、回忆录还有《山居笔记》《霜冷长河》《千年一叹》《行者无疆》《借我一生》等。

经典再现

关于友情（节选）

一

常听人说，人世间最纯净的友情只存在于孩童时代。这是一句极其悲凉的话，居然有那么多人赞成，人生之孤独和艰难，可想而知。我并不赞成这句话。孩童时代的友情只是愉快的嬉戏，成年人靠着回忆追加给它的东西很不真实。友情的真正意义产生于成年之后，它不可能在尚未获得意义之时便抵达最佳状态。

其实，很多人都是在某次友情感受的突变中，猛然发现自己长大的。仿佛是哪一天的中午或傍晚，一位要好同学遇到的困难使你感到了一种不可推卸的责任，你放慢脚步忧思起来，开始懂得人生的重量。就在这一刻，你突然长大。

我的突变发生在十岁。从家乡到上海考中学，面对一座陌生的城市，心中只有乡间的小友，但已经找不到他们了。有一天，百无聊赖地到一个小书摊看连环画，正巧看到这一本。全身像被一种奇怪的法术罩住，一遍遍地重翻着，直到黄昏时分，管书摊的老大爷用手指轻轻敲了敲我的肩，说他要回家吃饭了，我才把书合拢，恭恭敬敬放在他手里。

那本连环画的题目是：《俞伯牙和钟子期》。

纯粹的成人故事，却把艰深提升为单纯，能让我全然领悟。它分明是在说，不管你今后如何重要，总会有一天从热闹中逃亡，孤舟单骑，只想与高山流水对晤。走得远了，也许会遇到一个人，像樵夫，像隐士，像路人，出现在你与高山流水之间，短短几句话，使你大惊失色，引为终生莫逆。但是，天道容不下如此至善至美，你注定会失去他，同时也就失去了你的大半生命。

故事是由音乐来接引的，接引出万里孤独，接引出千古知音，接引出七弦琴的断弦碎片。一个无言的起点，指向一个无言的结局，这便是友情。人们无法用其他词汇来表述它的高远和珍罕，只能留住“高山流水”四个字，成为中国文化中强烈而飘渺的共同期待。

那天我当然还不知道这个故事在中国文化中的地位，只知道昨天的小友都已黯然失色，没有一个算得上“知音”。我还没有弹拨出像样的声音，何来知音？如果是知音，怎么可能舍却苍茫云水间的苦苦寻找，正巧降落在自己的身边、自己的班级？这些疑问，使我第一次认真地抬起头来，迷惑地注视街道和人群。

差不多整整注视了四十年，已经到了满目霜叶的年岁。如果有人问我：“你找到了吗？”我的回答有点艰难。也许只能说，我的七弦琴还没有摔碎。

我想，艰难的远不止我。近年来参加了几位前辈的追悼会，注意到一个细节：悬挂在灵堂中间的挽联常常笔涉高山流水，但我知道，死者对于挽联撰写者的感觉并非如此。然而这又有什么用呢？在死者失去辩驳能力仅仅几天之后，在他唯一的人生总结仪式里，这一友情话语乌黑鲜亮，强硬得无法修正，让一切参加仪式的人都低头领受。

当七弦琴已经不可能再弹响的时候，钟子期来了，而且不止一位。或者是，热热闹闹的俞伯牙们全都哭泣在墓前，那哭声便成了“高山流水”。

没有恶意，只是错位。但恶意是可以颠覆的，错位却不能，因此错位更让人悲哀。在人生的诸多荒诞中，首当其冲的便是友情的错位。

五

说了这么多，可能造成一个印象，人生在世要拥有真正的友情太不容易。

其实，归结上文，问题恰恰在于人类给友情加添了太多别的东西，加添了太多的义务，加添了太多的杂质，又加添了太多因亲密而带来的阴影。如果能去除这些加添，一切就会变得比较容易。

友情应该扩大人生的空间，而不是缩小这个空间。可惜，上述种种悖论都表明，友情的企盼和实践极容易缩小我们的人生空间，从而产生适得其反的效果。

要扩大人生的空间，最终的动力应该是博大的爱心，这才是友情的真正本义。在这个问题上，谋虑太多，反而弄巧成拙。

诚如先哲所言，人因智慧制造种种界限，又因博爱冲破这些界限。友情的障碍，往往是智慧过度，好在还有爱的愿望，把障碍超越。

友情本是超越障碍的翅膀，但它自身也会背负障碍的沉重，因此，它在轻松人类的时候也在轻松自己，净化人类的时候也在净化自己。其结果应该是两相完满：当人类在最深刻地享受友情时，友情本身也获得最充分的实现。

现在，即便我们拥有不少友情，它也还是残缺的，原因在于我们自身还残缺。世界理应给我们更多的爱，我们理应给世界更多的爱，这在青年时代是一种小心翼翼的企盼，到了生命的秋季，仍然是一种小心翼翼的企盼。但是，秋季毕竟是秋季，生命已承受霜降，企盼已洒上寒露，友情的渴望灿如枫叶，却也已开始飘落。

生命传代的下一个季度，会是智慧强于博爱，还是博爱强于智慧？现今还是稚嫩的心灵，会发出多少友情的信号，又会受到多少友情的滋润？这是一个近乎宿命的难题，完全无法贸然作答。秋天的我们，只有祝祈。心中吹过的风，有点凉意。

想起了我远方的一位朋友写的一则小品：两只蚂蚁相遇，只是彼此碰了一下触须就向相反方向爬去。爬了很久之后突然都感到遗憾，在这样广大的时空中，体型如此微小的同类不期而遇，“可是我们竟没有彼此拥抱一下”。

是的，不应该再有这种遗憾。但是随着宇宙空间的新开拓，我们的体型更加微小了，什么时候，还能碰见几只可以碰一下触须的蚂蚁？

——且把期待留给下一代，让他们乐滋滋地爬去。

赏情析理

余秋雨先生《关于友情》一文，深刻而有见解地分析了古往今来朋友间相处与获得一份刻骨铭心的友谊的来之不易。

以余秋雨先生的睿智和思考，文章虽洋洋洒洒，入情入理，但也只能分析现象，剖析原因，文章最后并未给出答案和方法。可见，人与人之间，挚爱亲朋之间，襟怀坦白，以诚相见，互相包容，彼此尊重，互相温暖，高山流水般的千古知音，是一件多么可遇而不可求的事！

在余先生看来，即使在一些高贵的灵魂之间，也经常因为不善于表达，或沟通不畅、放不下架子、丢不开面子等原因而不能开诚布公、交换意见、沟通想法，以至于许多友情基础和感情基础很好的挚友之间，也会因彼此的沉默或猜度而错失信任和友情。友谊的天平，因不善维护和经营而失衡。

古往今来，许多的名家哲言教导我们：人与人之间，朋友之间，爱人之间，亲人之间，夫妻之间，爱，需要细细地表达！所谓“情到深处已无言”，不适用于人与人之间感情的交流。诗意的理念，还需要现实的运作。除非，不想交流。

而我们几千年悠久的历史和传统文明告诉我们的是：君子之交淡如水，含蓄、谦恭、内敛、隐忍、沉默是金、含而不露、金口玉言，才是谦谦君子之道。

对疏于表达感情的民族和民众而言，高山流水、千古知音，只能是人人仰望的梦中幻想和云中境界！

吾思吾悟

9. 雪　夜

莫泊桑

知人论世

居伊·德·莫泊桑(1850—1893),19世纪后半期法国优秀的批判现实主义作家,被誉为“短篇小说之王”,代表作《羊脂球》为世界文学名著。莫泊桑1850年生于法国诺曼底滨海塞纳省,13岁时开始写诗。1873年福楼拜开始指导莫泊桑进行文学创作。莫泊桑擅长从平凡琐屑的事物中截取富有典型意义的片断,以小见大地概括出生活的真实。在近10年的创作生涯里,共出版27部中短篇小说集和6部长篇小说,对后世产生了极大影响。1893年7月6日逝世,终年43岁。

经典再现

雪　夜

黄昏时分,纷纷扬扬地下了一天的雪,终于渐下渐止。沉沉的夜幕下的大千世界,仿佛凝固了,一切生命都悄悄进入了梦乡。或近或远的山谷、平川、树林、村落……在雪光映照下,银装素裹,分外妖娆。这雪后初霁的夜晚,万籁俱寂,了无生气。

蓦地,从远处传来一阵凄厉的叫声,冲破这寒夜的寂静。那叫声,如泣如诉,若怒若怨,听来令人毛骨悚然!哦,是那条被主人放逐的老狗,在前村的篱畔哀鸣;是在哀叹自己的身世,还是在倾诉人类的寡情?

漫无涯际的旷野平畴，在白雪的覆压下略缩起身子，好像连挣扎一下都不情愿的样子。那遍地的萋萋芳草，匆匆来去的游蜂浪蝶，如今都藏匿得无迹可寻。只有那几棵百年老树，依旧伸展着搓牙的秃枝，像是鬼影憧憧，又像那白骨森森，给雪后的夜色平添上几分悲凉、凄清。

茫茫太空，默然无语地注视着下界，越发显出它的莫测高深。雪层背后，月亮露出灰白色的脸庞，把冷冷的光洒向人间，使人更感到寒气袭人。和月亮做伴的，惟有寥寥的几点寒星，致使她也不免感叹这寒夜的落寞和凄冷。看，她的眼神是那样忧伤，她的步履又是那样迟缓！

渐渐地，月儿终于到达她行程的终点，悄然隐没在旷野的边沿，剩下的只是一片青灰色的回光在天际荡漾。少顷，又见那神秘的鱼白色开始从东方蔓延，像撒开一幅轻柔的纱幕笼罩住整个大地。寒意更浓了。枝头的积雪都已在不知不觉间凝成了水晶般的冰凌。

啊，美景如画的夜晚，却是小鸟们恐怖战栗、倍受煎熬的时光！它们的羽毛沾湿了，小脚冻僵了；刺骨的寒风在林间往来驰突，肆虐逞威，把他们可怜的窝巢刮得左摇右晃；困倦的双眼刚刚合上，一阵阵寒冷又把它们惊醒。它们只得瑟瑟缩缩地颤着身子，打着寒噤，忧郁地注视着漫天皆白的原野，期待那漫漫未央的长夜早到尽头，换来一个充满希望之光的黎明。

赏情析理

19 世纪中期的法国同时出现了自然主义和象征主义两种文学流派，莫泊桑的创作虽然也曾受自然主义影响，但主导他写作的却是现实主义。他描写生活的真实，细致生动，笔下的事物场景，或影射社会的黑暗，或象征现实的丑恶，虽然也表达对美好生活的渴望，但文字间更多的是冷峻的色调，极少有赏心悦目的色彩。《雪夜》就是这样的文章。

雪夜应该是宁静而柔和的，但莫泊桑却看到了其中的残酷、阴冷和无奈，一切都被迫压抑着、收敛着、抵抗着、忍耐着，因为黑暗，因为寒冷，因为长夜漫漫未央。作者通过对寒意浓重的夜景真实可触的描绘，将一种了无生气的社会现实象征性地呈现出来。莫泊桑抓住雪夜落寞、凄冷的特征，将雪夜中的景物作表象与实质上的对比，突出各种事物在冷酷氛围中的恐怖和痛苦，含蓄地表达对现实的批判和对光明的希冀。

《雪夜》除了闪耀着思想的光芒外，其表现手法也很艺术，可圈可点。

在行文上，作者采取了空间与时间相交合与大写意的描写手法。作者没有对雪景中的具体物象一笔一画地勾画，而是整体铺陈泼洒出雪夜的景色，给人以一种浓墨重彩、浑然天成的感觉。文章先以“沉沉的夜幕下的大千世界，仿佛凝固了”“或近或远的山谷、平川、树林、村落……在雪光映照下，银装素裹，分外妖娆”写出雪夜全景，然后以“一阵凄厉的叫声，冲破这寒夜的寂静”把笔触聚集于大地上的事物：凄惶的老狗、悲凉的旷野、清冷的老树。接着用“茫茫太空……越发显出它的莫测高深”转笔于空中，渲染出月冷星寒、积雷成冰的悲凉气氛。最后作者收笔于天地之间的枝头小鸟儿身上，将雪夜的寒风过林、树摇鸟惊的情形尽情点染，并从小鸟儿的感觉出发，呼唤充满希望的黎明的来临。

此外，文中的反衬笔法也很突出，作者以动衬静，以亮色衬寒意，以繁杂衬凄清：本来是万籁俱寂的雪夜，却因一声凄厉的犬吠而更显其静；本来是天光渐露，“像撒开一幅轻柔的纱幕笼罩住整个大地”，却使人感到，在灰白的天宇下雪野上“寒意更浓了”；本来是“遍地的萋萋芳草，匆匆来去的游蜂浪蝶”，如今却在白雪的覆盖下，无迹可寻，雪夜因而显得愈发凄清悲凉了；而由下到上、由上到下，又上下衔接的景物布局，错落有致，跌宕起伏，从而将这一个雪夜描绘得有声有色，具体可感，其高超的构思令人叹为观止。

吾思吾悟

10. 冬天之美

乔治·桑

知人论世

乔治·桑，原名露西·奥罗尔·杜邦，1804年生于巴黎一个贵族家庭，在法国诺昂乡村长大。父亲是拿破仑第一帝国时代的一名军官。由于父亲早逝，而母亲曾有沦落风尘的经历，所以她从小由祖母抚养。祖母为了把她培养成一个淑女，费尽苦心，而乔治·桑没有令祖母失望，小小年纪便已露出卓尔不群的才华。13岁进入巴黎的修道院。幼年的乔治·桑在居于诺昂镇的祖母身边度过了很多时光。18岁时在对家庭生活的梦幻憧憬

中,她嫁给了贵族青年卡西米尔·杜德望成为男爵夫人,但她很快就不能忍受丈夫的平庸和缺乏诗意。乔治·桑开始了一次又一次红杏出墙的婚外情恋。1831年,在"离婚"还没出现在社会生活字典中的情况下,她做出了那个时代惊世骇俗的举动:坚决与丈夫分居,并弃家出走,与情人到巴黎开始新的生活。

1831年初,她带了一儿一女两个孩子定居巴黎,很快就成为巴黎文化界的红人,身边经常围绕着许多追随者,她开始了蔑视传统、崇尚自由的新生活。抽雪茄、饮烈酒、骑骏马、穿长裤,一身男性打扮的她终日周旋于众多的追随者之间。即使乔治·桑这个男性化的笔名,也来源于她的一个年轻情人。当有人批评这个矮小(1.54米高)放荡的女人不该同时有四个情人时,这个不受世俗成规束缚的女人竟然回答说,一个像她这样感情丰富的女性,同时有四个情人并不算多。她曾借自己的作品公开宣称:"婚姻迟早会被废除。一种更人道的关系将代替婚姻关系来繁衍后代。一个男人和一个女人既可生儿育女,又可不互相束缚对方的自由。"

她追求生活舒适。在她诺昂镇的故居中,当时已经安装了可以24小时供应热水的装置。为了能让仆人迅速到达她所在的房间,她在仆人工作的厨房安上了5个分别代表不同位置的铃铛。她甚至还有一个私人剧场、一个装有一百五十多块带滑槽的布景的舞台。与这些奢华相对应的,则是她寓所装饰的简朴、单调,毫无当时富贵人家盛行的豪华和排场。

1876年,乔治·桑在诺昂去世,享年72岁。死后,她被埋葬在诺昂。2004年,曾有人建议将她的遗体移至巴黎的先贤祠。

经典再现

冬天之美

我从来热爱乡村的冬天。我无法理解富翁们的情趣,他们在一年当中最不适于举行舞会、讲究穿着和奢侈挥霍的季节,将巴黎当作狂欢的场所。大自然在冬天邀请我们到火炉边去享受天伦之乐,而且正是在乡村才能领略这个季节罕见的明朗的阳光。在我国的大都市里,臭气熏天和冻结的烂泥几乎永无干燥之日,看见就令人恶心。在乡下,一片阳光或者刮几小时风就使空气变得清新,使地面干爽。可怜的城市工人对此十分了解,他们滞留在这个垃圾场里,实在是由于无可奈何。我们的富翁们所过的人为的、悖谬的生活,违背大自然的安排,结果毫无生气。英国人比较明智,他们到乡下别墅里去过冬。

在巴黎,人们想象大自然有六个月毫无生机,可是小麦从秋天就开始发芽,而冬天惨淡的阳光——大家惯于这样描写它——是一年之中最灿烂、最辉煌的。当太阳拨开云

雾,当它在严冬傍晚披上闪烁发光的紫红色长袍坠落时,人们几乎无法忍受它那令人眩目的光芒。即使在我们严寒却偏偏不恰当地称为温带的国家里,自然界万物永远不会除掉盛装和失去盎然的生机,广阔的麦田铺上了鲜艳的地毯,而天际低矮的太阳在上面投下了绿宝石的光辉。地面披上了美丽的苔藓。华丽的常春藤涂上了大理石般的鲜红和金色的斑纹。报春花、紫罗兰和孟加拉玫瑰躲在雪层下面微笑。由于地势的起伏,由于偶然的机缘,还有其他几种花儿躲过严寒幸存下来,而随时使你感到意想不到的欢愉。虽然百灵鸟不见踪影,但有多少喧闹而美丽的鸟儿路过这儿,在河边栖息和休憩!当地面的白雪像璀璨的钻石在阳光下闪闪发光,或者当挂在树梢的冰凌组成神奇的连拱和无法描绘的水晶的花彩时,有什么东西比白雪更加美丽呢?在乡村的漫漫长夜里,大家亲切地聚集一堂,甚至时间似乎也听从我们使唤。由于人们能够沉静下来思索,精神生活变得异常丰富。这样的夜晚,同家人围炉而坐,难道不是极大的乐事吗?

赏情析理

《冬天之美》不足八百字,但它是乔治·桑心的虹霓,读者从中看到的是美丽、多彩的乔治·桑。

追求自由、平等的乔治·桑有倔强的性格和意志力,对自由、平等以及社会公正有执著的追求,对上流社会极端蔑视和反感。这些思想在作品的一开篇就表现了出来。“我无法理解富翁们的情趣,他们在一年当中最不适于举行舞会、讲究穿着和奢侈挥霍的季节,将巴黎当作狂欢的场所。”“在我国的大都市里,臭气熏天和冻结的烂泥几乎永无干燥之日,看见就令人恶心。”“可怜的城市工人对此十分了解,他们滞留在这个垃圾场里,实在是由于无可奈何。我们的富翁们所过的人为的、悖谬的生活,违背大自然的安排,结果毫无生气。”乔治·桑出身于贵族之家,但她的血管里既流动着贵族的血,又流动着贫民的血。这些描写充满了对下层工人的同情,对上流社会生活的诅咒和蔑视,对巴黎这个豪华都市的厌憎。她不仅有这种崇高的思想,还亲自参加了1848年的法国革命。

热爱乡村生活,用热情去拥抱大自然的乔治·桑有两段时间生活于农村,一段是婚后不久随丈夫到诺昂经营产业,另一段是1848年法国革命失败后,对革命失望而隐退诺昂乡间。第二次到农村,一方面是出于她对农村自然风光的热爱,另一方面也是她对生活深入思考后的抉择。在《冬天之美》中,乔治·桑以女性特有的细腻情感,浓墨重彩地描绘出冬天农村生机勃勃的气息以及宁静清丽、恬然幽雅的生活。作者的笔下,冬天的阳光“是一年之中最灿烂、最辉煌的”。“广阔的麦田铺上了鲜艳的地毯,而天际低矮的太阳在上面投下了绿宝石的光辉。地面披上了美丽的苔藓。华丽的常春藤涂上了大理石般的鲜红和金色的斑纹。报春花、紫罗兰和孟加拉玫瑰躲在雪层下面微笑”“美丽的鸟儿路过这儿,在河边栖息和休憩”“白雪像璀璨的钻石在阳光下闪闪发光”“挂在树梢的冰凌组成神奇的连拱和无法描绘的水晶的花彩”,这是多么让人向往的冬天之美啊。虽是冬天,万物却生气勃勃,不管是植物或动物,它们在向人们展示生命的颜色,装饰着大地,也装点着生活。白雪和冰凌似乎失去了凝重的色彩,在红、绿、紫色中显示着自己特有的洁白和剔透。雨果说:“广袤的大自然整个儿反映在您(指乔治·桑,笔者注)的一行行句子里,就像天空反映在一滴露珠里一样。您看见了宇宙、生命、人类、牲畜、灵魂。真是伟大。”(《致乔治·桑的信》)《冬天之美》不仅写出了大自然的美丽,而且写出了作者对大自然的热爱,对农村生活的喜悦,我们仿佛看见作者和大自然紧紧地拥抱在了一起。

雨果说:“妇女应该显示出,她们不仅保持天使般的禀性,而且具有我们男子的才华。他们不仅应有强韧的力量,也要不失其温柔的禀性。乔治·桑就是这类女性的典范。”(《悼念乔治·桑》)温柔、善良、天使般的乔治·桑在勾画出静谧、和缓、诱人、古雅的田园风光之后写道:“在乡村的漫漫长夜里,大家亲切地聚集一堂,甚至时间似乎也听从我们的使唤。”“这样的夜晚,同家人围炉而坐,难道不是极大的乐事吗?”这里读者眼前似乎出现了这样的画面:静静的冬夜,柔和的灯光,和睦相处的一家人,有祖辈、父辈、子孙辈,母亲怀里抱着孩子,大家围着炉子,亲切地交谈着,炉中和暖的热气在一家人身上穿来穿去,而其中的主角是女性。这是多么幸福的家庭啊。这种理想化的家庭生活,正体现了作家善良的心愿,反映出作家女性的温柔。当然这种理想也是作者童年以及婚后家庭生活不幸的折射。

乔治·桑笔下的冬天是美丽的,但从《冬天之美》中,我们看到的乔治·桑更是美丽的:天使般的温柔、善良、纯洁,对田园诗般乡村生活的执著向往,对上流社会的蔑视和厌倦。

《冬天之美》让我们和作者走得很近很近,似乎看到了她心中的那片彩虹。

吾思吾悟

人情世故

Part 3

巴尔扎克说过，小说是一个民族的秘史。一位伟大的作家一定是一个好的小说能手，会不露痕迹地传达语言背后的真实想法。

将自己的心毫无保留地交给作家，在他娓娓的故事中，倾听一个遥远的灵魂对你的窃窃私语。在文字的故事里，你和男女主人公一起哭泣，一起欢笑，一起体验人生。

1. 高女人和她的矮丈夫（节选）

冯骥才

知人论世

冯骥才，浙江宁波慈溪县（今宁波市江北区慈城镇）人，生于天津，作家、画家。早年在天津从事绘画工作，后专职从事文学创作和民间文化研究。他大力推动了很多民间文化保护宣传工作，创作了大量优秀散文、小说和绘画作品。有多篇文章入选中小学、大学课本，如散文《珍珠鸟》。现任中国文学艺术界联合会执行副主席、中国小说学会会长、中国民间文艺家协会主席、国际民间艺术组织（IOV）副主席、中国民主促进会中央副主席、全国政协常委等职。

经典再现

高女人和她的矮丈夫（节选）

一

你家院里有棵小树，树干光溜溜，早瞧惯了，可是有一天它忽然变得七扭八弯，愈看愈别扭。但日子一久，你就看顺眼了，仿佛它本来就应该是这样子。如果某一天，它忽然重新变直，你又会觉得说不出多么不舒服。它单调、乏味、简易，像根棍子！其实，它不过恢复最初的模样，你何以又别扭起来？

这是习惯吗？嘿，你可别小看了“习惯”！世界万事万物中，它无所不在。别看它不是必须恪守的法定规条，惹上它照旧叫你麻烦和倒霉。不过，你也别埋怨给它死死捆着，有时你也会不知不觉地遵从它的规范。比如说：你敢在上级面前喧宾夺主地大声大气说话吗？你能在老者面前放肆地发表自己的主见吗？在合影时，你能叫名人站在一旁，你却大模大样站在中间放开笑颜？不能，当然不能。甭说这些，你娶老婆，敢娶一个比你年长十岁，比你块头大，或者比你高一头的吗？你先别拿空话呛火，眼前就有这么一对——

二

她比他高十七厘米。

她身高一米七五，在女人们中间算做鹤立鸡群了；她丈夫只有一米五八，上大学时绰号“武大郎”。他和她的耳垂儿一般齐，看上去却好像差两斗！

再说他俩的模样：这女人长得又干、又瘦、又扁，脸盘像没上漆的乒乓球拍儿。五官还算勉强看得过去，却又小又平，好似浅浮雕；胸脯毫不隆起，腰板细长僵直，臀部瘪下去，活像一块硬挺挺的搓板。她的丈夫却像一根短粗的橡皮辊儿；饱满，轴实，发亮；身上的一切——小腿啦，嘴巴啦，鼻头啦，手指肚儿啦，好像都是些溜圆而有弹性的小肉球。他的皮肤柔细光滑，有如质地优良的薄皮子。过剩的油脂就在这皮肤下闪出光亮，充分的血液就从这皮肤里透出鲜美微红的血色。他的眼睛简直像一对电压充足的小灯泡。他妻子的眼睛可就像一对乌乌涂涂的玻璃球儿了。两人在一起，没有协调，只有对比。可是他俩还好像拴在一起，整天形影不离。

有一次，他们邻居一家吃团圆饭时，这家的老爷子酒喝多了，乘兴把桌上的一个细长的空酒瓶和一罐矮墩墩的猪肉罐头摆在一起，问全家人："你们猜这像嘛？"老爷子不等别人猜破就公布谜底，"就是楼下那高女人和她的短爷儿们！"

全家人轰然大笑，一直笑到饭后闲谈时。

他俩究竟是怎么凑成一对的？

这早就是团结大楼几十户住家所关注的问题了。自从他俩结婚时搬进这大楼，楼里的老住户无不抛以好奇莫解的目光。不过，有人爱把问号留在肚子里，有人忍不住要说出来罢了。多嘴多舌的人便议论纷纷。尤其是下雨天气，他俩出门，总是那高女人打伞。如果有什么东西掉在地上，矮男人去拾便是最方便了。大楼里一些闲得没事儿的婆娘们，看到这可笑的情景，就在一旁指指划划。难禁的笑声，憋在喉咙里咕咕作响。大人的无聊最能纵使孩子们的恶作剧。有些孩子一见到他俩就哄笑，叫喊着："扁担长，板凳宽……"他俩闻如未闻，对孩子们的哄闹从不发火，也不搭理。可能为此，也就与大楼里的人们一直保持着相当冷淡的关系。少数不爱管闲事的人，上下班碰到他们时，最多也只是点点头，打一下招呼而已。这便使那些真正对他俩感兴趣的人们，很难再多知道一些什么。比如，他俩的关系如何？为什么结合在一起？谁将就谁？没有正式答案，只有靠瞎猜了。

这是座旧式的公寓大楼，房间的间量很大，向阳而明亮，走道又宽又黑。楼外是个很大的院子，院门口有间小门房。门房里也住了一户，户主是个裁缝。裁缝为人老实；裁缝的老婆却是个精力充裕、走家串户、爱好说长道短的女人，最喜欢刺探别人家里的私事和隐私。这大楼里家家的夫妻关系、姑嫂纠纷、做事勤懒、工资多少，她都一清二楚。凡她没弄清楚的事情，就要千方百计地打听到；这种求知欲能使愚顽成才。她这方面的本领更是超乎常人，甭说察言观色，能窥见人们藏在心里的念头，单靠嗅觉，就能知道谁家常吃肉，由此推算出这家收入状况。不知为什么，六十年代以来，处处居民住地，都有这样一类人被吸收为"街道积极分子"，使得他们对别人的干涉欲望合法化，能力和兴趣也得到发挥。看来，造物者真的不会荒废每一个人才的。

尽管裁缝老婆能耐,她却无法获知这对天天从眼前走来走去的极不相称的怪夫妻结合的缘由。这使她很苦恼。好像她的才干遇到了有力的挑战。但她凭着经验,苦苦琢磨,终于想出一条最能说服人的道理:夫妻俩中,必定一方有某种生理缺陷。否则谁也不会找一个比自己身高逆差一头的对象。她的根据很可靠:这对夫妻结婚三年还没有孩子呢!于是团结大楼的人都相信裁缝老婆这一聪明的判断。

事实向来不给任何人留情面,它打败了裁缝老婆!高女人怀孕了。人们的眼睛不断地瞥向高女人渐渐凸出来的肚子。这肚子由于离地面较高而十分明显。不管人们惊奇也好,置疑也好,困惑也好,高女人的孩子呱呱坠地了。每逢大太阳或下雨天气,两口子出门,高女人抱着孩子,打伞的事就落到矮男人身上。人们看他迈着滚圆的小腿、半举着伞儿、紧紧跟在后面滑稽的样子,对他俩居然成为夫妻,居然这样形影不离,好奇心仍然不减当初。各种听起来有理的说法依旧都有,但从这对夫妻身上却得不到印证。这些说法就像没处着落的鸟儿,啪啪地满天飞。裁缝老婆说:“这两人准有见不得人的事。要不他们怎么不肯接近别人?身上有脓早晚得冒出来,走着瞧吧!”果然一天晚上,裁缝老婆听见了高女人家里发出打碎东西的声音。她赶忙以收大院扫地费为借口,去敲高女人家的门。她料定长久潜藏在这对夫妻间的隐患终于爆发了,她要亲眼看见这对夫妻怎样反目,捕捉到最生动的细节。门开了,高女人笑吟吟迎上来,矮丈夫在屋里也是笑容满面,地上一只打得粉碎的碟子——裁缝老婆只看到这些。她匆匆收了扫地费出来后,半天也想不明白这夫妻之间到底发生了什么事。打碎碟子,没有吵架,反而像什么开心事一般快活。怪事!

后来,裁缝老婆做了团结大院的街道居民代表。她在协助户籍警察挨家查对户口时,终于找到了多年来经常叫她费心的问题答案。一个确凿可信、无法推翻的答案。原来这高女人和她的矮丈夫,都在化学工业研究所工作。矮男人是研究所总工程师,工资达一百八十元之多!高女人只是一名普普通通的化验员,收入不足六十元,而且出身在一个辛苦而赚钱又少的邮递员家庭。不然她怎么会嫁给一个比自己矮一头的男人?为了地位,为了钱,为了过好日子,对!她立即把这珍贵情报,告诉给团结大楼里闲得难受的婆娘们。人们总是按照自己的思维方式去解释世界,尽力将一切事物都和自己的理解力拉平。于是,裁缝老婆的话被大家确信无疑。多年来留在人们心里的谜,一下子被打开了。大家恍然大悟:原来这矮男人是个先天不足的富翁,高女人是个见钱眼开、命里有福的穷娘儿们。当人们谈到这个模样像匹大洋马却偏偏命好的高女人时,语调中往往带一股气。尤其是裁缝老婆。

赏情析理

《高女人和她的矮丈夫》是冯骥才把视角转向市民文化心理的一个短篇。作家捕捉到一对“身高逆差一头”的夫妇,从他们所遭受到的冷眼和中伤中,揭示世俗心理中卑微、污浊的一面。那趋炎附势的势利眼光,那落井下石的市侩行径,那窥人隐私的奇异癖好，那搬弄是非的旺盛精力，充分表现了小市民文化心理中的污垢。这种市侩心理既有历史积淀的文化垃圾，也有极左政治的社会遗毒，它们的共通之处是对人的不尊重，对人的个性、自由的漠视和践踏。

而细节描写的成功，丰满了这篇小说的人生内容。除了雨伞下面那块空间的细节之外，邻居在吃团圆饭时无聊地把长颈酒瓶与矮墩罐头放在一起猜谜的细节，揭示了世俗心理的丑恶，显得同样精彩。作品在生活的不规则旋律中获得哲理的构思，又以生动的细节描写丰富了艺术形象，显示了小说创作的一个思维规律。

吾思吾悟

2. 丰乳肥臀（节选）

莫　言

知人论世

莫言，出生于山东省高密市，中国当代著名作家，香港公开大学荣誉文学博士，青岛科技大学客座教授。20 世纪 80 年代中期，莫言以乡土作品崛起，充满着“怀乡”以及“怨乡”的复杂情感，被归类为“寻根文学”作家。2011 年凭长篇小说《蛙》获第八届茅盾文学奖，2012 年 10 月 11 日莫言以其“用魔幻现实主义将民间故事、历史和现代融为一体”而获得诺贝尔文学奖，是首位获得该奖的中国籍作家。

丰乳肥臀(节选)

上官吕氏把簸箕里的尘土倒在揭了席、卷了草的土炕上,忧心忡忡地扫了一眼手扶着炕沿低声呻吟的儿媳上官鲁氏。她伸出双手,把尘土摊平,然后,轻声对儿媳说:“上去吧。”

在她的温柔目光注视下,丰乳肥臀的上官鲁氏浑身颤抖。她可怜巴巴地看着婆婆慈祥的面孔,苍白的嘴唇哆嗦着,好像要说什么话。

上官吕氏大声道:“清晨放枪,大司马又犯了魔症!”

上官鲁氏道:“娘……”

上官吕氏拍打着手上的尘土,轻声嘟哝着:“你呀,我的好儿媳妇,争口气吧!要是再生个女孩,我也没脸护着你了!”

两行清泪,从上官鲁氏眼窝里涌出。她紧咬着下唇,使出全身的力气,提起沉重的肚腹,爬到土坯裸露的炕上。

“轻车熟路,自己慢慢生吧,”上官吕氏把一卷白布、一把剪刀放在炕上,蹙着眉头,不耐烦地说,“你公公和来弟她爹在西厢房里给黑驴接生,它是初生头养,我得去照应着。”

上官鲁氏点了点头。她听到高高的空中又传来一声枪响,几条狗怯怯地叫着,司马亭的喊叫断断续续传来:“乡亲们,快跑吧,跑晚了就没命啦……”好像是呼应司马亭的喊叫,她感到腹中一阵拳打脚踢,剧烈的痛楚碌碡般滚动,汗水从每一个毛孔里渗出,散发着淡淡的鱼腥。她紧咬牙关,为了不使那嚎叫冲口而出。透过朦胧的泪水,她看到满头黑发的婆婆跪在堂屋的神龛前,在慈悲观音的香炉里插上了三炷紫红色的檀香,香烟袅袅上升,香气弥漫全室。

大慈大悲、救苦救难的观音菩萨,保佑我吧,可怜我吧,送给我个男孩吧……上官鲁氏双手按着高高隆起的、凉森森的肚皮,望着端坐在神龛中的瓷观音那神秘的光滑面容,默默地祝祷着,泪水又一次溢出眼眶。她脱下湿了一片的裤子,将褂子尽量地卷上去,袒露出腹部和乳房。她手撑土炕,把身体端正地放在婆婆扫来的浮土里。在阵痛的间隙里,她把凌乱的头发用手指梳理了一下,将腰背倚在卷起的炕席和麦秸上。

窗棂上镶着一块水银斑驳的破镜子,映出脸的侧面:被汗水濡湿的鬓发,细长的、黯淡无光的眼睛,高耸的白鼻梁,不停地抖动着的皮肤,枯燥的阔嘴。一缕潮漉漉的阳光透过窗棂,斜射在她的肚皮上。那上边暴露着弯弯曲曲的蓝色血管和一大片凹凸不平的白色花纹,显得狰狞而恐怖。她注视着自己的肚子,心中交替出现灰暗和明亮,宛若盛夏季节里高密东北乡时而乌云翻滚时而湛蓝透明的天空。她几乎不敢俯视大得出奇、坚硬得出奇的肚皮。有一次她梦到自己怀了一块冷冰冰的铁。有一次她梦到自己怀了一只遍体斑点的癞蛤蟆。铁的形象还让她勉强可以忍受,但那癞蛤蟆的形象每一次在脑海里闪现，她都要浑身爆起鸡皮疙瘩。菩萨保佑……祖宗保佑……所有的神、所有的鬼，你们都保佑我、饶恕我吧，让我生个全毛全翅的男孩吧……我的亲亲的儿子，你出来吧……天公地母、黄仙狐精，帮助我吧……就这样祝祷着，祈求着，迎接来一阵又一阵撕肝裂胆般的剧痛。她的双手抓住身后的炕席，身上的每一块肌肉都在震颤、抽搐。她双目圆睁，眼前红光一片，红光中有一些白炽的网络在迅速地卷曲和收缩，好像银丝在炉火中熔化。一声终于忍不住的嚎叫从她的嘴巴里冲出来，飞出窗棂，起起伏伏地逍遥在大街小巷，与司马亭的喊叫交织在一起，拧起一股绳，宛若一条蛇，钻进那个身材高大、哈着腰、垂着红毛大脑袋、耳朵眼里生出两撮白毛的瑞典籍牧师马洛亚的耳朵。

在通往钟楼的腐朽的木板楼梯上，马洛亚牧师怔了一下，湛蓝色的、迷途羔羊一般的永远是泪汪汪的、永远是令人动心的和蔼眼睛里跳跃着似乎是惊喜的光芒。他伸出一根通红的粗大手指，在胸脯上画了一个十字，嘴里吐出一句完全高密东北乡化了的土腔洋词："万能的主啊……"他继续往上爬，爬到顶端，撞响了那口原先悬挂在寺院里的绿锈斑斑的铜钟。

苍凉的钟声扩散在雾气缭绕的玫瑰色清晨里。伴随着第一声钟鸣，伴随着日本鬼子即将进村的警告，一股汹涌的羊水，从上官鲁氏的双腿间流出来。她嗅到了一股奶山羊的膻味，还嗅到了时而浓烈时而淡雅的槐花的香味，去年与马洛亚在槐树林中欢爱的情景突然异常清晰地再现眼前，但不容她回到那情景中留连，婆婆上官吕氏高举着两只血迹斑斑的手，跑进了房间。她恐怖地看到，婆婆的血手上，闪烁着绿色的火星儿。

"生了吗？"她听到婆婆大声地问。

她有些羞愧地摇摇头。

婆婆的头颅在阳光中辉煌地颤抖着，她惊奇地发现，婆婆的头发突然花白了。

"我还以为生出来了呢。"婆婆说。

婆婆的双手对着自己的肚皮伸过来。那双手骨节粗大、指甲坚硬，连手背上都布满胼胝般的硬皮。她感到恐惧，想躲避这个打铁女人沾满驴血的双手，但她没有力量。婆婆的双手毫不客气地按在她的肚皮上，她感到自己的心跳都要停了，冰凉的感觉透彻了五脏六腑。她不可遏止地发出了连串的嚎叫，不是因为痛疼，而是因为恐怖。婆婆的手粗鲁地摸索着，挤压着她的肚皮，最后，像测试西瓜的成熟程度一样"啪啪"地拍打了几下，仿佛买了一个生瓜，表现出烦恼和懊丧。那双手终于离去，垂在阳光里，沉甸甸的，萎靡不振。在她的眼里，婆婆是个轻飘飘的大影子，只有那两只手是真实的，是威严的，是随心所欲、为所欲为的。她听到婆婆的声音从很远的地方传来，从很深的水塘里、伴随着淤泥的味道和螃蟹的泡沫传来：

"……瓜熟自落……到了时辰，拦也拦不住……忍着点，咋咋呼呼……不怕别人笑话，难道不怕你那七个宝贝女儿笑话……"

她看到那两只手中的一只，又一次软弱无力地落下来，厌烦地敲着自己凸起的肚皮，仿佛敲着一面受潮的羊皮鼓,发出沉闷的声响。

“现如今的女人越变越娇气,我生她爹那阵子,一边生,一边纳鞋底子……”

那只手总算停止了敲击,缩回,潜藏到暗影里,恍惚如野兽的脚爪。婆婆的声音在黑暗中闪烁着,槐花的香气阵阵袭来:

“看你这肚子,大得出奇,花纹也特别,像个男胎。这是你的福气,我的福气,上官家的福气。菩萨显灵,天主保佑,没有儿子,你一辈子都是奴;有了儿子,你立马就是主。我说的话你信不信?信不信由你,其实也由不得你……”

“娘啊,我信,我信啊!”上官鲁氏虔诚地念叨着,她的眼睛看到对面墙壁上那片暗褐色的污迹,心里涌起无限酸楚。那是三年前,生完第七个女儿上官求弟后,丈夫上官寿喜怒火万丈,扔过一根木棒槌,打破她的头,血溅墙壁留下的污迹。

婆婆端过一个笸箩,放在她身侧。婆婆的声音像火焰在暗夜里燃烧,放射着美丽的光芒:“你跟着我说,‘我肚里的孩子是千金贵子’,快说!”笸箩里盛着带壳的花生。婆婆慈祥的脸,庄严的声音,一半是天神,一半是亲娘。上官鲁氏感动万分,哭着说:“我肚里怀着千金贵子,我肚里怀着贵子……我的儿子……”婆婆把几颗花生塞到她手里,教她说:“花生花生花花生,有男有女阴阳平。”她接过花生,感激地重复着婆婆的话:“花生花生花花生,有男有女阴阳平。”

上官吕氏探过头来,泪眼婆娑地说:“菩萨显灵,天主保佑,上官家双喜临门!来弟她娘,你剥着花生等时辰吧,咱家的黑驴要生小骡子,它是头胎生养,我顾不上你了。”

上官鲁氏感动地说:“娘,您快去吧。天主保佑咱家的黑驴头胎顺产……”

上官吕氏叹息一声,摇摇晃晃地走出屋子。

赏情析理

这是一部大部头的小说,可以说涵盖了中国近代的各个历史时期,是一幅宏观地再现我国近代历史发展的壮阔画卷。小说以上官一家的起落兴衰为线索,以上官金童的一生经历为轴心展开叙述,深刻地揭示了社会发展过程中,老百姓辛酸悲苦、颠沛流离的生活状态,同时热情讴歌了女性这一群体,尤其是母亲这一角色在生活大潮中的巨大作用,赞美了母性的坚强与伟大。文中的上官鲁氏正是灾难深重的祖国千千万万母亲的代表,她的身上散发着人性的光辉。同时小说书写了人类不可克服的弱点和病态人格导致的悲惨命运,具有拷问灵魂的深度和力度。

吾思吾悟

3. 长恨歌（节选）

王安忆

知人论世

王安忆，女，1950 年 3 月 6 日生于南京。1955 年随母亲迁至上海，并在上海读小学。1970 年，初中毕业后赴安徽省蚌埠市五河县农村插队。1972 年考入徐州地区文工团工作，1978 年任《儿童时代》编辑，1978 年发表处女作短篇小说《平原上》，1986 年应邀访美，1987 年进上海作家协会专业创作至今，现为上海市作家协会主席，上海复旦大学教授。

王安忆的主要著作有：《雨，沙沙沙》《王安忆中短篇小说集》《流逝》《小鲍庄》《小城之恋》《锦绣谷之恋》《米妮》等小说集，《69 届初中生》《黄河故道人》《流水三十章》《纪实和虚构》《长恨歌》《富萍》《上种红菱下种藕》《桃之夭夭》《遍地枭雄》等长篇小说，《蒲公英》《母女漫游美利坚》（与茹志鹃合著）等散文集，《黑黑白白》等儿童文学作品集，《心灵世界——王安忆小说讲稿》等论著。《我们家的男子汉》一文入选苏教版七年级下册语文书。

王安忆多次获得全国优秀短篇、中篇小说奖，《长恨歌》获得了“第五届茅盾文学奖”。1998 年获得首届当代中国女性创作奖。2001 年获马来西亚《星洲日报》“最杰出的华文作家”称号等。

王安忆的小说，多以平凡的小人物为主人公。她注重挖掘平凡生活中的不平凡经历与情感。在艺术表现上，她的早期小说多抒发感情，近期创作则趋于冷静和细致。我们从王安忆的作品里可以感受到一种宽厚的爱，她赋予故事中人物“英雄性”，表现人物的美和善。她以敏感和高超的领悟力来控制故事微妙的气氛发展以及人物的心理变化，细腻精准。她的作品讲的是平常故事、柴米生计，可她探讨的是故事背后强大而仁慈的自然规律，这是她对人性和人的生存状态及本体世界的关怀，这使她的作品具有了超乎寻常的意义。

经典再现

长 恨 歌(节选)

鸽子是这城市的精灵。每天早晨，有多少鸽子从波涛连绵的屋顶飞上天空！它们是惟一的俯瞰这城市的活物，有谁看这城市有它们看得清晰和真切呢？许多无头案，它们都是证人。它们眼里，收进了多少秘密呢？它们从千家万户窗口飞掠而过，窗户里的情景一幅接一幅，连在一起。虽是日常的情景，可因为多，也能堆积一个惊心动魄。这城市的真谛，其实是为它们所领略的。它们早出晚归，长了不少见识。而且它们都有极好的记忆力，过目不忘的，否则如何能解释它们的认路本领呢？我们如何能够知道，它们是以什么来做识路的标记。

它们是连这城市的犄犄角角都识辨清楚的。前边说的制高点，其实指的就是它们的视点。有什么样的制高点，是我们人类能够企及和立足的呢？像我们人类这样的两足兽，行动本不是那么自由的，心也是受到拘禁的，眼界是狭小得可怜。我们生活在同类之中，看见的都是同一件事情，没有什么新发现的。我们的心里是没什么好奇的，什么都已经了然似的。因为我们看不见特别的东西。鸽子就不同了，它们每天傍晚都满载而归。在这城市上空，有多少双这样的眼睛啊！

大街上的景色是司空见惯，日复一日的。这是带有演出性质，程式化的，虽然灿烂夺目，五色缤纷，可却是俗套。霓虹灯翻江倒海，橱窗也是千变万化，其实是俗套中的俗套。街上走的人，都是戴了假面具的人，开露天派对的人，笑是应酬的笑，言语是应酬的言语，连俗套都称不上，是俗套外面的壳子。弄堂景色才是真景色。它们和街上的景色正好相反，看上去是面目划一，这一排房屋和那一排房屋很相像，有些分不清，好像是俗套，其实里面却是花样翻新，一件件，一宗宗，各是各的路数，摸不着门槛。隔一堵墙就好比隔万重山，彼此的情节相去十万八千里。有谁能知道呢？弄堂里的无头案总是格外的多，一桩接一桩的。那流言其实也是虚张声势，认真的又不管用了，还是两眼一抹黑。弄堂里的事又是公说公有理，婆说婆有理，没有个公断，真相不明的，流言更是搅稀泥。弄堂里的景色，表面清楚，里头乱成了一团麻，剪不断，理还乱。在那窗格子里的人，都是当事人，最为糊涂的一类，经多经久了，又是最麻木的一类，睁眼瞎一样的。明眼的是那会飞的畜生，它们穿云破雾，且无所不到，它们真是自由啊！这自由实在撩人心。大街上的景色为它们熟视无睹，它们锐利的眼光很能捕捉特别的非同寻常的事情，它们的眼光还能够去伪存真，善于捕捉意义。它们是非常感性的。它们不受陈规陋习的束缚，几乎是这城市里惟一的自然之子了。它们在密密匝匝的屋顶上盘旋,就好像在废墟的瓦砾堆上盘旋,有点劫后余生的味道,最后的活物似的。它们飞来飞去,其实是带有一些绝望的,那收进眼睑的形形色色,也都不免染上了悲观的色彩。

应当说,这城市里还有一样会飞的生物,那就是麻雀。可麻雀却是媚俗的,飞也飞不高的。它一飞就飞到人家的阳台上或者天井里,啄吃着水泥裂缝里的残汤剩菜,有点同流合污的意思。它们是弄堂的常客,常客也是不受尊重的常客,被人赶来赶去,也是自轻自贱。它们是没有智慧的,是鸟里的俗流。它们看东西是比人类还要差一等的,因它们没有人类的文明帮忙,天赋又不够。它们与鸽子不能同日而语,鸽子是灵的动物,麻雀是肉的动物。它们是特别适合在弄堂里飞行的一种鸟,弄堂也是它们的家。它们是那种小肚鸡肠,嗡嗡营营,陷在流言中拔不出脚的。弄堂里的阴郁气,有它们的一份,它们增添了弄堂里的低级趣味。鸽子从来不在弄堂底流连,它们从不会停在阳台、窗畔和天井,去谄媚地接近人类。它们总是凌空而起,将这城市的屋顶踩在脚下。它们扑啦啦地飞过天空,带着不屑的神情。它们是多么傲慢,可也不是不近人情,否则它们怎么会再是路远迢迢,也要泣血而回。它们是人类真正的朋友,不是结党营私的那种,而是了解的,同情的,体恤和爱的。假如你看见过在傍晚的时分,那竹梢上的红布条子,在风中挥舞,召唤鸽群回来的景象,你便会明白这些。这是很深的默契,也是带有孩子气的默契。它们心里有多少秘密,就有多少同情;有多少同情,就有多少信用。鸽群是这城市最情意绵绵的景象,也是上海弄堂的较为明丽的景象,在屋顶给鸽子修个巢,晨送暮迎,是这城市的恋情一种,是城市心的温柔乡。

这城市里最深藏不露的罪与罚,祸与福,都瞒不过它们的眼睛。当天空有鸽群惊飞而起,盘旋不去的时候,就是罪罚祸福发生的时候。猝然望去,就像是太阳下骤然聚起的雨云,还有太阳里的斑点。在这水泥世界的沟壑裥绉里,嵌着多少不忍卒睹的情和景。看不见就看不见吧,鸽群却是躲也躲不了的。它们的眼睛,全是被这情景震惊的神色,有泪流不出的样子。天空下的那一座水泥城,阡陌交错的弄堂,就像一个大深渊,有如蚁的生命在作挣扎。空气里的灰尘,歌舞般地飞着,做了天地的主人。还有琐细之声,角角落落地灌满着,也是天地的主人。忽听一阵鸽哨,清冽地掠过,裂帛似的,是这沉沉欲睡的天地间的一个清醒。这城市的屋顶上,有时还会有一个飞翔的东西,来与鸽群做伴,那就是风筝。它们往往被网状的电线扯断了线,或者撞折了翅翼,最后挂在屋脊和电线杆上,眼巴巴地望着鸽群。它们是对鸽子这样的鸟类的一个模拟,虽连麻雀那样的活物都不算,却寄了人类一颗天真的好高骛远的心。它们往往出自孩子的手,也出自浪荡子的手,浪荡子也是孩子,是上

了岁数的孩子。孩子和浪荡子牵着它们，拼命地跑啊跑的，要把它们放上天空，它们总是中途夭折，最终飞上天空的寥寥无几。当有那么一个混入了鸽群，合着鸽哨一起飞翔，却是何等的快乐啊！清明时节，有许多风筝的残骸在屋顶上遭受着风吹雨打，是殉情的场面。它们渐渐化为屋顶上的泥土，养育着瘦弱的狗尾巴草。有时也有乘上云霄的挣断线的风筝，在天空里变成一个黑点，最后无影无踪，这是一个逃遁，怀着誓死的决心。对人类从一而终的只有鸽子了，它们是要给这城市安慰似的，在天空飞翔。这城市像一个干涸的海似的，楼房是礁石林立，还是搁浅的船只，多少生灵在受苦啊！它们怎么能弃之而去。鸽子是这无神论的城市里神一般的东西，却也是谁都不信的神，它们的神迹只有它们知道，人们只知道它们无论多远都能泣血而归。人们只是看见它们就有些喜欢。尤其是住在顶楼的人们，鸽子回巢总要经过他们的老虎天窗，是与它们最为亲近的时刻。这城市里虽然有着各式庙宇和教堂，可庙宇是庙宇，教堂是教堂，人还是那弄堂里的人。人是那波涛连涌的弄堂里的小不点儿，随波逐流的，鸽哨是温柔的报警之声，朝朝夕夕在天空长鸣。

现在，太阳从连绵的屋瓦上喷薄而出，金光四溅的。鸽子出巢了，翅膀白亮白亮。高楼就像海上的浮标。很多动静起来了，形成海的低啸。还有尘埃也起来了，烟雾腾腾。多么的骚动不安，有多少事端在迅速酝酿着成因和结果，已经有激越的情绪在穿行不止了。门窗都推开了，真是密密匝匝，有隔宿的陈旧的空气流出来了，交汇在一起，阳光变得混浊了，天也有些暗，尘埃的飞舞慢了下来。空气里有一种纠缠不清在生长，它抑制了激情，早晨的新鲜沉郁了，心底的冲动平息了，但事端在继续积累着成因，种瓜得瓜，种豆得豆的。太阳在空中沿着它日常的道路，移动着光和影，一切动静和尘埃都已进入常态，是日复一日，年复一年。所有的浪漫都平息了，天高云淡，鸽群也没了影。

赏情析理

王安忆的《长恨歌》是第五届茅盾文学奖的获奖作品，也因此奠定了它在文学史上不容忽视的地位。它创作于二十世纪的八九十年代，描写了一个“上海小姐”坎坷的人生。

一个动荡不安的世界，一个美丽女人的一生，一段几十年来的历史。作者用了细腻的笔法，兼用了散文的写法，把这一段历史通过一个女人悲剧性的一生向我们展示了出来。

王安忆的《长恨歌》以一个平凡又不平凡的上海女人王琦瑶的一生为线索，写尽了上海四十年的变迁及普通百姓的生活状态。它描写的是一个平凡之处大于不平凡之处的上海女人的故事，时间跨越几十年，故事发生在与时代潮流紧密相连的上海，但王安忆并没有让人物与政治扯上太多的关系，从解放战争到社会主义建设，到“文革”，再到改革开放，尽管人物的命运及生活有受到政治的影响，但主人公始终没有投身到政治潮流中去，而是默默追求自己的安逸和欢乐，过着小人物的平淡日子。

如果把《长恨歌》比作一幅画，那么它一定是一幅工笔细描的风俗画卷。小说一上来就不吝笔墨地对弄堂、闺阁、鸽子等事物进行专门摹写，老上海市民的生活就在这摹写中变得真实可感，我们能体会到那种细淘时光的生活气息。虽然女主人公经历了大起大落，但故事的情节却不是那么跌宕起伏。这是因为作者缓慢的叙事语调冲淡了情节波折。作者细致刻画王琦瑶吃菜的种类，穿衣服的式样、花色，与周围人相处时千回百转的心理，慢镜头似的把个体生活放大地纤毫毕现，体现了女性作家特有的“私密叙事”能力。霓虹灯、鸽哨声、日影的移动、墙壁上的涂鸦，这些事物在作者絮絮陈说中带上了时光流动痕迹。而城市的风貌、思想与精神也就在细腻、琐碎的晕染中逐渐清晰了。我们读之后自然产生一种回溯与怀旧的意绪。

这种叙事意味使整个小说意境平实安详、绵远悠长，如同东方都市缓缓流动的生活长河。从这长河里，我们体会的是民众最朴素的意识——活着。

吾思吾悟

4. 扶桑（节选）

严歌苓

知人论世

严歌苓，出生于上海，是享誉世界文坛的华人作家，是海外华人作家中最具影响力的作家之一。以中、英双语创作小说，是少数多产、高质、涉猎度广泛的作家。其作品无论是对于东西方文化魅力的独特阐释，还是对社会底层人物、边缘人物的关怀以及对历史的重新评价，都折射出复杂的人性、哲思和批判意识。代表作品有《陆犯焉识》《小姨多鹤》《第九个寡妇》《赴宴者》《扶桑》《穗子物语》《天浴》《寄居者》《金陵十三钗》《铁梨花》等。

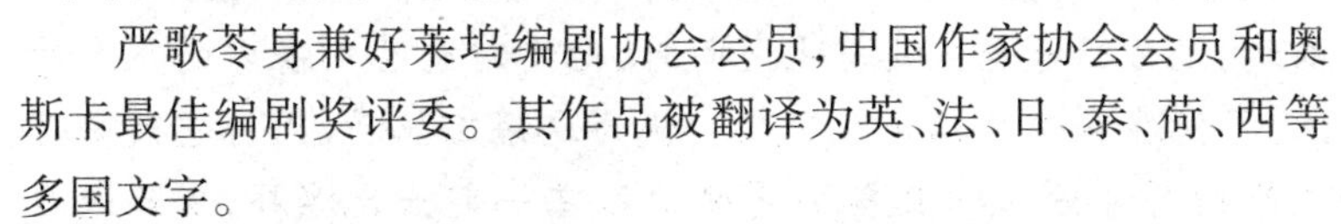

严歌苓身兼好莱坞编剧协会会员，中国作家协会会员和奥斯卡最佳编剧奖评委。其作品被翻译为英、法、日、泰、荷、西等多国文字。

被称为“翻手为苍凉，覆手为繁华”的严歌苓，其小说以刚柔并济、极度凝练的语言，高度精密、不乏诙谐幽默的风格为内在依托，其犀利多变的写作视角和叙事的艺术性成为文学评论家及学者的研究课题，在多个国家已开展严歌苓文学研讨会。其创作的“王葡萄”“扶桑”“多鹤”等主要人物开创了中国文坛全新的文学形象。

严歌苓几乎每一部作品都荣获了国内外各种重要文学奖项。代表作品《扶桑》以充满寓意的中西方文化跨境观，荣获台湾地区“联合报文学奖长篇小说奖”，并成为2002年美国《洛杉矶时报》年度十大畅销书之一。她的《天浴》《扶桑》《花儿与少年》《老人鱼》《灰舞鞋》《谁家有女初长成》《金陵十三钗》《拖鞋大队》（《北京文学》年度中篇小说榜首）《白蛇》《小顾艳传》《人寰》（获台湾地区中国时报“百万长篇小说奖”以及上海文学奖）《少女小渔》（根据此作改编的电影获亚太影展六项大奖）《女房东》《海那边》等长、中、短篇小说获得了一系列文学大奖，并引起海内外读者关注。其中《天浴》由陈冲拍成电影后获金马奖7项大奖和1999年美国《时代》周刊十大最佳影片奖。长篇小说《第九个寡妇》获《中华读书报》“2006年度优秀长篇小说奖”、新浪读书网“2006年度最受网友欢迎长篇小说奖”；《小姨多鹤》获《当代》长篇小说“五年最佳小说”、2009年“中山杯”华侨文学奖最佳小说。《The Banquet Bug（赴宴者）》荣获华裔美国图书馆协会授予的“小说金奖”，在美国亚马逊网站上被评为五星级图书，美国《时代》杂志给予整版介绍，英国BBC广播作为“睡前一本书”整篇朗读。2011年，《陆犯焉识》位居中国小说协会长篇小说奖榜首，继2006年度《小姨多鹤》后，两次问鼎榜首。

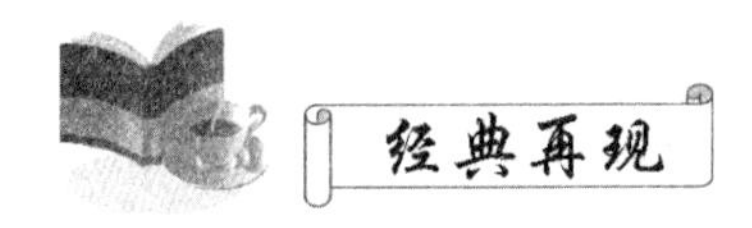

扶　桑(节选)

克里斯的父亲和叔父共有十二个儿女,一同住在圣弗朗西斯科南边的这座小镇上。克里斯是两个家庭中的第九个孩子,因此,无论他的怪癖和美德,都没有得到太多关注,对军人的崇尚使这个家族的男性都有独自行为的傲慢,因而他倒从没有注意到克里斯身上对血缘的微妙背叛。他们从没注意到这个十四岁的少年会在看见某种美丽、某种奇异时感动得木讷,会紧咬牙关迸出一声"哦不"。一个他认为美得无与伦比的东方妓女会引起他拔地而起的感情。

这个东方女人每个举止都使他出其不意,她就是他心目中魔一般的东方,东方产生的古老的母性的意义在这女人身上如此血淋淋的鲜活,这个东方女人把他征服了。这是他的家族可耻的一员。他们那种征服者的高贵使他们根本无法想象克里斯每天如何活在如此魔幻中,一个有关拯救与解放的童话中。家族的天性缄默使他幸免于被盘问。

但在独自骑马,捧一本诗,无目的地逛在天与地之间时,他发现自己用很少的几个字眼,用错误的句法在独白,这是他在和心里的女人交谈。他为这语言感动,因为它天真淳朴得如同鸟兽的语言,如先民的符号语言。亚当和夏娃的语言一定如此淳朴,如此地在极度的贫乏中藏着最大丰富。

他毫不犹豫地判断这便是爱情了。因为有这么多痛苦:世上所有诗中的爱都不是为了幸福,而是为了痛苦。痛苦对一个十四岁的少年,比幸福显得新奇得多,也浪漫得多。

一个人十四岁时所具备的爱的能量该是多他成年的很多倍。多数人在十四岁的爱情被父母、被家庭、被自己扼杀后又被狠狠嘲笑了。假如人类把十四岁的爱当真,假如人类容忍十四岁的人去爱和实现爱,人类永远不会世故起来。

克里斯一声不响地疯狂,他全身心投入了那个骑士角色:去披荆斩棘,去跨越千山万水,去拯救。这番身心投入使克里斯疏忽功课,冒犯用人,使餐桌上素有的宁静在四月的这个晚上有了浮动。

前天晚上,你去了哪里?父亲向克里斯投来多年来的第一瞥关注目光。

克里斯咀嚼着牛肉,然后不慌不忙地吞咽,用雪白的餐巾按一下嘴唇。补拉丁文课了。他看着父亲说。

过了五分钟,父亲说,好的,你不懂英文。他改用德语:前天晚上你去了哪里?

克里斯沉住气,希望在把食物咽下去之前,能想出答对。再重复一遍谎言是愚蠢的,父亲轻蔑把同一句谎讲两遍的人。一个人意识到自己露了马脚,却固执地撒同样低级的谎,就是个失败的小丑。

克里斯无以答对,放弃了和父亲的目光较量。

你的拉丁文老师写了一封信给我。父亲将一页折叠的纸递给他的紧邻座位。

信笺无声息无情绪地传过一只只手，如同传一只胡椒瓶。这个家庭把流露某类情绪，如幸灾乐祸、好事多嘴看成失体面和不雅致。信传到克里斯手中，父亲说：我允许你读一读。

克里斯紧抿嘴唇，将信笺拈起，并没有展开它就仔细搁进衣袋。他懂得这样的信在此场合阅读是失体统、无风度的，是邀请所有人贬低你的尊严。他的不理会或许会激怒父亲，然而不要自尊地投降，会更大程度地激怒父亲。

果然，克里斯冷静而自恃的一系列动作使父亲的面部表情柔和了。在父亲眼中，诗人形于色的喜怒和军人的不动声色都是高贵的，是人格的诗。

克里斯以他的气质获得了父亲的原谅。

一刹那间，父亲在这少年身上看到了理想，看到一个失败沙场却不失气节的克里斯。

他却不知道这少年被这番自制力的表演弄得精疲力竭。

谁都不能想象克里斯的柔弱程度。那柔弱使他永远哀怨世上没有足够的母性。

六十岁的一天，克里斯想起他十二岁的一个瞬间。唐人区一条窄巷中，他看见了一个中国妓女。幽黑的窗格内，她完美如一尊女神雕像。她红色衣裳临界她身后的黑暗，她若往后靠那么一丁点，似乎就会与黑暗融合。她微笑得那么无意义，却那么诚意和温暖，母性和娼妓就那样共存在她身上。

六十岁的克里斯嘴上的烟斗一丝烟也不冒，眼睛却像在浓烟中那样虚起。他看着心目中这个女人，明白了他投入这女人的原因。竟是：母性。

赏情析理

看名字，以为是一个以日本为背景的名字。翻翻，却原来还是描写中国女性的，一个被拐卖到美国旧金山唐人街做妓女的第一代华人女性。

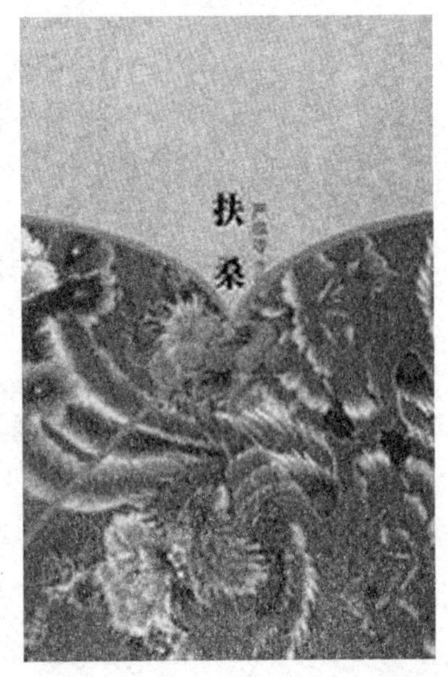

书籍介绍说，这是一个旷世的爱情故事。一个中国妓女扶桑和白人少年克里斯凄迷的纠缠。然而，笔者却对书中华人的历史更为感兴趣。

这是一个矛盾的族群。在白人的眼中，华人是最劣等的有色民族。他们辛苦如牛，温顺如羊，沉默如马。他们是白人老板的劳作机器，也是普通白人发泄的对象。他们谦恭，他们忍让。然而谦恭是错，忍让还是错。这谦恭与忍让所蕴含的力量，只能激起白人更多的愤怒与仇恨，只能招来更多的屈辱与折磨。

但是在唐人街，景象又转而一变：在幽深、脏乱的街巷和鸦片馆，“温良恭俭让”的华人之间帮派林立，内讧频频。为了躲避白人警察的追查，可以轻易扭断5个月婴儿的脖子，就是怕她的哭声引起警察的注意。一切是为了生存，道德、法律和政治的光芒，永远射不到这个似乎被主流遗忘的角落。他们从广东拐骗幼女做妓女。遥远的海路上，扔下海的尸体，远远多于最后能裸身出现于拍卖场的女孩的数量。这些十几岁的孩子们，也是白人儿童的性玩具。她们16岁开始掉牙，18岁即已凋谢，能活过20岁的，真正算得上是一朵奇葩了。

扶桑，就是这历史中的奇葩。她以20岁的高龄被拐卖，继而艳帜高张，成为一代名妓。与我们印象中的名妓风采不同，这个女性角色，仍然深深烙印着作者严歌苓的痕迹。她笔下的女性，从多鹤到葡萄再到扶桑，似乎都有一种"蒙昧的天真"。他们遗世独立于红尘之外，用全然的女性温柔，让男人为之疯狂。克里斯对扶桑的迷恋，与其说是异族神秘的吸引，毋宁说是因为这超越民族的女人的风情。

吾思吾悟

4. 陈小手

汪曾祺

知人论世

汪曾祺（1920—1997），江苏高邮人，当代作家、散文家、戏剧家，京派作家的代表人物。早年毕业于西南联大，历任中学教师、北京市文联干部、《北京文艺》编辑、北京京剧院编辑。在短篇小说创作上颇有成就。著有小说集《邂逅集》，小说《受戒》《大淖记事》，散文集《蒲桥集》，其中大部分作品收录在《汪曾祺全集》中。汪曾祺被誉为"抒情的人道主义者，中国最后一个纯粹的文人，中国最后一个士大夫。"

经典再现

陈小手

我们那地方,过去极少有产科医生。一般人家生孩子,都是请老娘。什么人家请哪位老娘,差不多都是固定的。一家宅门的大少奶奶、二少奶奶、三少奶奶,生的少爷、小姐,差不多都是一个老娘接生的。老娘要穿房入户,生人怎么行?老娘也熟知各家的情况,哪个年长的女佣人可以当她的助手,当"抱腰的",不须临时现找。而且,一般人家都迷信哪个老娘"吉祥",接生顺当。——老娘家供着送子娘娘,天天烧香。谁家会请一个男性的医生来接生呢?——我们那里学医的都是男人,只有李花脸的女儿传其父业,成了全城仅有的一位女医人。她也不会接生,只会看内科,是个老姑娘。男人学医,谁会去学产科呢?都觉得这是一桩丢人没出息的事,不屑为之。但也不是绝对没有。陈小手就是一位出名的男性的妇科医生。

陈小手的得名是因为他的手特别小,比女人的手还小,比一般女人的手还更柔软细嫩。他专能治难产,横生、倒生,都能接下来(他当然也要借助于药物和器械)。据说因为他的手小,动作细腻,可以减少产妇很多痛苦。大户人家,非到万不得已则不会请他的。中小户人家,忌讳较少,遇到产妇胎位不正,老娘束手,老娘就会建议:"去请陈小手吧。"

陈小手当然是有个大名的,但是都叫他陈小手。接生,耽误不得,这是两条人命的事。陈小手喂着一匹马。这匹马浑身雪白,无一根杂毛,是一匹走马。据懂马的行家说,这马走的脚步是"野鸡柳子",又快又细又匀。我们那里是水乡,很少人家养马。每逢有军队的骑兵过境,大家就争着跑到运河堤上去看"马队",觉得非常好看。陈小手常常骑着白马赶着到各处去接生,大家就把白马和他的名字联系起来,称之为"白马陈小手"。

同行的医生,看内科的、外科的,都看不起陈小手,认为他不是医生,只是一个男性的老娘。陈小手不在乎这些,只要有人来请,立刻跨上他的白马,飞奔而去。正在呻吟惨叫的产妇听到他的马脖子上的銮铃的声音,立刻就安定了一些。他下了马,即刻进了产房。过了一会儿(有时时间颇长),听到哇的一声,孩子落地了。陈小手满头大汗,走了出来,对这家的男主人拱拱手:"恭喜恭喜!母子平安!"男主人满面笑容,把封在红纸里的酬金递过去。陈小手接过来,看也不看,装进口袋里,洗洗手,喝一杯热茶,道一声"得罪",出来上马,只听见他的马的銮铃声"哗棱哗棱"……走远了。

陈小手活人多矣。

有一年，来了联军。我们那里那几年打来打去的，是两支军队。一支是国民革命军，当地称之为“党军”；相对的一支是孙传芳的军队。孙传芳自称“五省联军总司令”，他的部队就被称为“联军”。联军驻扎在天王庙，有一团人。团长的太太（谁知道是正太太还是姨太太）要生了，生不下来。叫来几个老娘，还是弄不出来。这太太杀猪也似的乱叫。团长派人去叫陈小手。

陈小手进了天王庙。团长正在产房外面不停地“走柳”，见了陈小手，说：“大人，孩子，都得给我保住，保不住要你的脑袋！进去吧！”

这女人身上的脂油太多了，陈小手费了九牛二虎之力，总算把孩子掏出来了。和这个胖女人较了半天劲，累得他筋疲力尽。他移里歪斜走出来，对团长拱拱手：“团长！恭喜您，是个男伢子，少爷！”

团长龇牙笑了一下，说：“难为你了！——请！”

外边已经摆好了一桌酒席。副官陪着。陈小手喝了两口。团长拿出20块大洋，往陈小手面前一送：“这是给你的！——别嫌少哇！”

“太重了！太重了！”

喝了酒，揣上20块现大洋，陈小手告辞了：“得罪！”

“不送你了！”

陈小手出了天王庙，跨上马。团长掏出手枪来，从后面，一枪就把他打下来了。团长说：“我的女人，怎么能让他摸来摸去！她身上，除了我，任何男人都不许碰！你小子太欺负人了！日他奶奶！”团长觉得怪委屈。

赏情析理

读汪曾祺的小说，常有一种山重水复、柳暗花明的感觉。《受戒》《大淖记事》在当代文坛上是独树一帜的，即使最短的《陈小手》，也能使我们从中领略出作家独特的文学修养和高超的写作技巧。小说中，浓重的风俗情调，随心所欲又恰到好处的叙述风格，显示了一个成熟的作家炉火纯青的艺术驾驭功底。

同汪先生的其他小说一样，读者于不知不觉中进入艺术境界，直至作家把一个精心构制的故事叙述得戛然而止时，才会使你迷雾顿开、恍然大悟。而这时你又觉得仿佛还有些地方没有嚼透，再仔细体会，你会悟出另一番情趣或哲理。小说开头部分，好像在叙家常话，从中我们了解到陈小手的地位与处境。

“男人学医，谁会去学产科呢？都觉得这是一桩丢人没出息的事，不屑为之。”

同行的医生们都看不起陈小手，虽然在当地老百姓中他还是有影响的，陈小手都不在乎这些。

“只要有人来请，立刻跨上他的白马，飞奔而去。”

这个陈小手还颇有一点“无争”“无为”的道家境界，其实以现代人的眼光来看，这样的开头，这样的人物，平平淡淡，也没有什么特别之处。

倒霉的偏偏是故事发生在旧社会，那种兵荒马乱的岁月，一个救苦救难的良医，又怎能逃脱时代与社会的悲剧。陈小手遭遇了孙传芳的一个联军团长——当然不是本地的一般人物。团长的太太难产，团长派人去叫（而不是一般的“请”）陈小手，“陈小手费了九牛二虎之力，总算把孩子掏出来了”。

团长呢？为了表示他的感激，“拿出 20 块大洋，往陈小手面前一送”，还虚情假意地说：“别嫌少哇！”写到这里，你仿佛觉得故事总该结束了，那位团长虽然派头十足、架子大点，还是颇通人性的。

作家的高明之处还在后面，“陈小手出了天王庙，跨上马”，这时“团长掏出手枪来，从后面，一枪就把他打下来了”。直到这时，这位团长的凶恶嘴脸才算原形毕露。团长还觉得怪委屈，“我的女人，怎么能让他摸来摸去”。神来之笔至此戛然而止，没有一句啰嗦话，但读者此时心中已经义愤难填。结尾之处，显然是对道家“无争”“无为”思想的有力批判，体现了汪先生对道家哲学既欣赏又有所摒弃的一贯风格。

好的短篇小说实在不容易写好。在千把字的篇幅内要容纳全部小说的要素，对作家来说，无疑是个十分困难的题目。汪曾祺先生却把《陈小手》写得这样意蕴丰富、神采飞扬，的确是棋高一着。

吾思吾悟

6. 两只狼狗

陈永林

知人论世

陈永林，江西都昌人，现任《微型小说选刊》编辑部主任。1989年开始发表作品。2006年加入中国作家协会。著有小说集《栽种爱情》《我要是女人多好》等十部。数篇小说改编为广播剧、电视剧。多篇小说选入多种选本，《古瓶》《娘》《洁白的木槿花》等选入《中学语文》《初中语文读本》。

经典再现

两只狼狗

老坎的花狼狗总被村长的黑狼狗咬得遍体鳞伤，花狼狗落荒而逃后，黑狼狗便伸长脖子，对着天空汪汪地叫，黑狼狗高亢雄壮的欢叫声落满村里的沟沟壑壑。

村长听了黑狼狗的欢叫，就知道黑狼狗又打了漂亮的胜仗，几丝满意的笑容便在村长的脸上跳跃不停。可老坎的脸变成了苦瓜脸，他狠狠地猛吸了几口烟，随后，沉重而无奈的叹息和着烟雾一圈圈从嘴里喷出来了。

片刻，花狼狗呜呜地叫着一跛一跛地来了，狗的脸上掉了块肉，骨头的肉都露出来了。老坎的心痛得痉挛成一团，泪水也涌出了眼眶。老坎的女人说，还是把这条狗送人，省得它三天两头遭罪。老坎却舍不得把狼狗送人。这条狗曾救过他的命。他以前在林场当护林员，一回在林中巡逻时，遇到了一只狼，幸好狼狗拼死相救，才把狼打跑了。前两年，老坎被林场减员增效减下来了。林场领导问老坎有什么要求，老坎说，我想把狼狗带走。林场领导一口答应了。老坎每月只拿一百多块钱的基本生活费，可老坎要养活一家人。老坎便求村长分他一点田地。村长很爽快分给了老坎四亩田地。尽管那四亩田地都是村人不愿种的，那些田地易涝又易旱，还贫瘠。但老坎很是感激村长，有了这四亩田地，老坎就能养活一家人。

老坎没想到他的狼狗总是同村长的狼狗打架，而且村长的狼狗身上每回挂彩。村长便不高兴了，村长便对老坎说，老坎，村里人对我把田地分给你意见很大，我的工作很难做。老坎的女人忙给村长下面条。后来老坎把好话说尽了,村长才说回去研究研究。村长出门时摸着老坎的狼狗的头说,你的狼狗好厉害。

村长走后,老坎狠狠教训了一顿花狼狗。

后来,花狼狗同黑狼狗打架,打赢了,必定遭到老坎一顿毒打。花狼狗起初很纳闷,再同黑狼狗打架,它佯装败了,想不到老坎竟奖赏了它几块骨头。花狼狗这才恍然大悟,原来主人只想他打架打输。花狼狗再同黑狼狗撕咬时,花狼狗便很少还嘴,因而每回都得受点皮肉之苦。花狼狗见到黑狼狗总躲,黑狼狗便以为花狼狗不是它的对手,见了花狼狗就往死里咬,花狼狗只有一忍再忍。

花狼狗对老坎呜呜地诉说着自己的委屈。老坎抚着狼狗的脸说,我知道你受了委屈,但谁叫我们不是村长?人在矮檐下,不得不低头,只是苦了你。老坎说这话时,蓄在眼眶里的泪水流下来了。

但让老坎震惊的是村长的狼狗有一天竟被人毒死了。

村长黑着脸说,让我查出来谁毒了我的狗,我决饶不了他。村长说这话时,那闪着刀刃寒光的目光在老坎脸上落了落,便移开了。老坎低下头,浑身激灵灵得打了个寒颤。村长准以为他的黑狗咬了老坎的花狼狗,老坎记恨在心头,便对村长的狼狗下了毒手。老坎心里说,村长,我真没有毒死你的狼狗,准是你的狼狗时时吃村里人的鸡,那个人气不过,就对你的狼狗下毒了。

晚上,老坎躺在床上翻来覆去半宿,还不时叹气。女人也被吵得睡不着。女人说:"我们没毒死村长的狗,怕啥?"老坎说:"可是村长以为我们毒死了他的狗。"女人说:"你给村长说他的狗不是我们毒死的。"老坎又叹气:"可村长不相信。""但是第二天一早,老坎还是去了村长家。村长还没起床,老坎站在村长的床前说:"村长,你可千万别怀疑我毒死了你的狗,我对老天发誓,我如毒死了你的狗,那我全家都让雷打死。"村长一般早晨要睡个好觉,可睡意被老坎弄没了。而且一清早,老坎又说这晦气的话,村长很不高兴,说:"老坎,你回家吧。我知道我的狗是谁毒死的。我心里清楚。"村长说着转过身,给老坎一个冰冷的脊背。老坎的腿一软,扑通一声,给村长跪下了:"村长,我真的没有毒死你的狗,我哪有那么大的胆?"村长掀起被子坐起来,大吼:"老坎,你还有完没完,我又没说你毒死我的狗!"老坎竟哭起来:"村长,你一定要相信我……你不相信我,那我就一直跪着。"

老坎从村长家出来,心里极清楚,村长还是怀疑他毒死了黑狼狗,怎样才能让村长相信他没毒死黑狼狗呢?此时,花狼狗朝老坎亲昵地唤一声,老坎阴暗的心里一下亮了:难怪村长怀疑他,村长的狼狗怎么被人毒死了,而他的狼狗为啥没人毒死呢?老坎便对花狼狗说:"狼狗,真对不起你了。"老坎说这话时泪水又掉下来了。

老坎把放有老鼠药的肉包子扔给狼狗时,狼狗嗅出了异味竟不吃。老坎便把肉包子放在手上说:"还是吃了吧!其实我也舍不得你离开我,我欠你的恩情,下辈子你变成人我变成狗来还你……"老坎哽咽得说不下去,狼狗的眼里汪着泪,呜呜地呜咽两声,眼一闭，一口吃掉老坎手里的肉包子，狼狗蓄在眼里的泪水也滚落下来。老坎的心剜样痛。老坎紧紧搂着狼狗的脖颈，哽咽着说："我对不起你，你心里准恨我，你狠狠地咬我一口吧，我不是人……"狗的身子很快变冷变硬了，老坎便嚎啕大哭起来，这是哪个千刀万剐的毒死了我的狗……

村长也被老坎的哭声引来了，老坎见村长来了，哭得更凶了。村长劝老坎，死了就死了，哭不活的。老坎抬起满脸是泪水的脸，我这狗可救过我一次命。我们不知道得罪了谁？他竟毒死我们的狗。村长出门时对老坎说："村里还多了两亩水田，不知道你还想不想种？"老坎忙说："种，我当然想种。"

赏情析理

微型小说刻画人物，关键在刻画人物的性格特征。读完陈永林的《两只狼狗》，心里沉甸甸的。作者一针见血，将农民老坎写得有血有肉，可怜可悲。

中国的农民憨厚老实，受人欺负。被欺负怕了，就处处设防，生出些小心眼。作者笔下的老坎，就是这样的人物。村长的黑狼狗和自家的花狼狗打架，老坎为了让村长有颜面，心里快活，就想法子让自家的花狼狗不能赢，只能被黑狼狗欺负，然后花狼狗伤痕累累回家，老坎只能无奈叹息，对着自家被欺负的狗暗自心疼；村长家的狗被毒死了，老坎就自危，夜里辗转难眠，生怕村长以后刁难，一早连忙找村长解释，村长的冷脊背和大吼更是让老坎吓得不得了。

《两只狼狗》的情节发展到这里并未结束，作者笔锋一转，挖到老坎心灵深处：老坎不相信村长相信狗不是他毒死的，思来想去，他心一"狠"，最后做出的决定竟然是毒死自家的花狼狗，以解除自己的嫌疑。

写到这里，老坎的性格完全被刻画出来。可爱、可悲、可怜、可恨的农民老坎，跃然纸上。可爱的是老坎的实在，可悲的是老坎的胆小，可怜的是老坎最终的解决方法，可恨的是老坎的软弱。这就是作者笔下的农民老坎，从老坎的身上我们读出了权力挤压下人性的萎缩和人格尊严的丢失。

吾思吾悟

7. 独腿人生

罗伟章

知人论世

罗伟章,1967 年生于四川省宣汉县,1989 年毕业于重庆师范大学中文系,现就读于上海首届作家研究生班。著有长篇小说《饥饿百年》《不必惊讶》,中篇小说集《我们的成长》《奸细》等。曾获人民文学奖、小说选刊奖、中篇小说选刊奖、小说月报百花奖、四川文学奖等。巴金文学院签约作家,中国作家协会会员。现居成都。

经典再现

独腿人生

应朋友之约,去他家议事。这是我第一次上他家去。朋友住在城南一幢别墅里。别墅是为有私车的人准备的,因此与世俗的闹市区总保持一段距离。我没有私车,只得乘公交车。下车之后,要到朋友的别墅,若步行,紧走慢赶,至少也要 40 分钟。眼看离约定的时间就快到了,我顺手招了一辆人力三轮车。

朋友体谅我的窘迫,事先在电话中告知:若坐三轮,只需 3 元。为保险起见,我上车前还是问了价。“5 元。”车夫说。我当然不会坐,可四周就只有这辆三轮车。车夫见我犹豫,开导我说:“总比坐出租合算吧,出租车起价就是六元呢。”这个账我当然会算,可 5 元再加 1 元,就是 3 元的两倍,这个账我同样会算。我举目张望,希望再有一辆三轮车来。车夫说："上来吧，就收你3元。"这样，我高高兴兴地坐了上去。

车夫一面蹬车，一面用柔和的语气对我说："我要5元其实没多收你的。"我说："人家已经告诉我，只要3元呢。"他说："那是因为你下公交车下错了地方，如果在前一个站，就只收3元。"随后，他立即补充道："当然我还是收你3元，已经说好的价，就不会变。我是说，你以后来这里，就在前一站下车。"他说得这般诚恳，话里透着关切，使我情不自禁地看了看他，他穿着这个城市经营人力三轮车的人统一的黄马甲，剪得齐齐整整的头发已经花白了，至少有55岁的年纪。

车行了一小段路程，我总觉得有点不大对劲，上好的公路，车身却微微颠簸，不像坐其他人的三轮车那么平稳，况且，车轮不是滑行向前，而是向前一冲，片刻的停顿之后，再向前一冲。我正觉得奇怪，突然发现蹬车人只有一条腿！

我猛然间觉得很不是滋味，眼光直直地瞪着他的断腿，瞪着悬在空中前后摇摆的那段黄黄的裤管。我觉得我很不人道，甚至卑鄙。我的喉咙有些发干，心胸被一种奇怪的惆怅甚至悲凉的情绪纠缠着，笼罩着。我想对他说："不要再蹬了，我走路去。"我当然会一分不少的给他钱，可我又生怕被他误解，同时我也怕自己的做法显得矫情，玷污了一种圣洁的东西。

前面是一带缓坡，我说："这里不好骑，我下车，我们把车推过去。"他急忙制止："没关系没关系，这点坡都骑不上去，我咋个挣生活啊？"言毕，快乐地笑了两声，身子便弓了起来，加快了蹬踏的频率。车子遇到坡度，便倔强的不肯前行，甚至有后退的趋势。他的独腿顽强地与后退的力量抗争着，车轮发出"吱、吱"的尖叫，车身摇摇晃晃，极不情愿地向前扭动。我甚至觉得这车也是鄙夷我的！它是在痛恨我不怜惜它的主人，才这般固执的吗？车夫黝黑的后颈上高高绷起一股筋来，头使劲地向前耸，我想他的脸一定是紫红的，他被单薄的衣服包裹起来的肋骨，一定根根可数。他是在跟自己较劲，与命运抗争！

坡总算爬上去了，车夫重浊地喘着气。不知怎么，我心里的惆怅和悲凉竟然了无影踪。

待他喘息稍定，我说："你真不容易啊！"

他自豪地说："这算啥呢！今年初，我一口气蹬过八十多里，而且带的是两个人！"

我问他怎么走那么远。

他说:“有两个韩国人来成都,想坐人力车沿二环路走一趟,看看成都的风景。别人的车他们不坐,偏要坐我的车。他们一定以为我会半路出丑的,没想到,嘿,我这条独腿为咱们成都人争了气,为中国人争了气!”

车夫又说:“下了车,那两个韩国人流了眼泪,说的什么话我也不懂,但我想,他们一定不会说是孬种。”

离别墅大门百十米远的距离,车夫突然刹了车。“你下来吧。”他说。

我下了车,给他5元。

他坚决不收:“讲好的价,怎么能变呢?你这叫我以后咋个在世上混啊?”

我没勉强,收回了他找给的两元钱。

我正要离去时,他不好意思地说:“我本来应该把你送进门的,可那是一幢高级别墅,往别墅里去的人,至少应该坐出租车啊……我怕你被朋友看见……”

我的眼泪流了下来。我天生是不大流泪的人。

朋友果然在大门边等我。他望着远去的车夫说:“你为什么不让他送拢,那些可恶的家伙总是骗了一个是一个!你太老实了。”

议事完,朋友留我吃饭,我坚决拒绝了。

我徒步走过了那段没有公交车的路程。我从来没有与自己的两条腿这般亲近过,从来没有觉得自己的两条腿这般有力过。

赏情析理

罗伟章的《独腿人生》写了一个残疾人力车夫与命运抗争的故事。老故事写出了新意,车夫的倔强与乐观,值得读者咀嚼和品味。作品采用第一人称次要人物的叙述视角,写“我”是为了显现出车夫的高贵品格。作品叙述了“我”因为要到远在城南的朋友处,雇用了独腿的车夫蹬的人力三轮车。作品通过几个细节单元对车夫的行为方式作实情描述,在感化读者时,也让读者对车夫的艰辛生活展开想象。

这篇作品通过反跌对比的模式来表现。情节有这样一处描写:“我”了解坐车到目的地要3元,而“我”与车夫问价时,他要收“我”5元。“我”犹豫了一下,误以为车夫是敲诈“我”,而通过进一步的交谈,误会解除了,随着车行的路程,“我”突然发现车夫是独腿的……在“我”正惆怅悲凉时,他以他的倔强给“我”上了宝贵的一课,使“我”对人生有了新的看法。“我”看到前面是一带缓坡,便说:“这里不好骑,我下车,我们把车推过去。”他急忙制止,“没关系没关系,这点坡都骑不上去,我咋个挣生活啊?”言毕,车夫快乐地笑了两声,身子便弓了起来,加快了蹬踏的频率。遇到坡度,他的腿顽强地与后退的力量抗争着……肖像作品尤其刻画了这时车夫的形象:黝黑的后颈上,高高绷起一股筋来,头使劲地向前耸,他的肋骨,根根可数,他是跟自己较劲,与命运抗争……

当我们读到这里,心灵是何等震撼啊!作品省略了许多的情节,如车夫讨生活的艰辛，人们对独腿车夫的鄙夷与不屑。在作品中，我们看到的是一个乐观的车夫的形象，他也是社会普通劳动者中的一员，陶醉在劳动的收获喜悦中。人们在救助弱者时，常常为自己的慷慨、善良而自满自足，很少有人解剖自己的心态，或想从弱者身上学到什么。倔强的车夫为了讨生活，战胜了一切困难，他的身体是残疾的，是生活的弱者，但是他表现出来的坦荡和快乐俨然证明他是一个生活的强者，让人消除了对他的怜悯和担忧，对他肃然起敬。

另一处细节更让读者为独腿车夫喝彩。两个韩国人来成都，不知道出于什么心理，他们决定捉弄一下靠出卖人力讨生活的车夫，让他出一下洋相。为给国人和自己争一口气，车夫载着两个韩国人蹬了八十多里路，没有气馁，让不怀好意的韩国人流下了眼泪。这个细节让读者对车夫的感情起了质的变化，不再是怜悯和同情，而是以他为人生的榜样了。

作品通过几个细节单元侧面烘托了身残志坚的车夫积极乐观地面对生活的高大形象。整篇作品洋溢着生活中感动人心的东西，使作品造成一种令人震撼的艺术效果。

吾思吾悟

8．选　择

罗伯特·库克

知人论世

罗伯特·库克(1946—2005)，英国政治人物，工党成员。出生于苏格兰格拉斯哥附近的贝尔斯希尔，在爱丁堡大学攻读英语文学并获得硕士学位。

罗伯特·库克代表工党于1974年2月赢得下议院席位，代表爱丁堡中央选区。1983年选区调整后，他转而代表利文斯顿，直至2005年逝世。1997年工党政府执政开始后，至2001年间，罗伯特·库克一直出任英国外相。由于他对美国及英国向伊拉克发动战争持反对态度,因此于2003年3月17日辞去下议院议员领袖的内阁职务,以示对攻伊的抗议。

2005年8月,罗伯特·库克在苏格兰高地游玩时突发心脏病,虽被直升机送往医院急救,但还是不幸死亡。

经典再现

选 择

“有钱是多么快活”,坐在茶几旁的肖夫人,当她拿起古色古香的精致的银茶壶倒茶时,心里也许是这样想的。她身上的穿戴,屋里的陈设,无不显示出家财万贯的气派。她满面春风,得意之情溢于言表。然而,由此认定她是个轻浮的人,却是不公平的。

“你喜欢这幅画,我很高兴。”她对面前那位正襟危坐的年轻艺术家说,“我一直想得到一幅布吕高尔的名作,这是我丈夫上星期买的。”

“美极了!”年轻人赞许地说,“你真幸运。”

肖夫人笑了,那两条动人的柳眉扬了扬。她的双手细嫩而白皙,犹如用粉红色的蜡铸成似的,把那只金灿灿的戒指衬得更加耀人眼目。她举止娴静,既不抚发整衣,也不摆弄小狗或者茶杯。她深深懂得文雅能给人一种感染力。

“幸运?”她说,“我并不相信这套东西。选择才是决定一切的。”

年轻人大概觉得,她将富有归于选择两字,未免过于牵强。但他什么也没说,只是很有分寸地点点头,让肖夫人继续说下去。

“我的情况是个明证。”

“你是自己选择当有钱人的罗?”年轻人多少带点揶揄的口吻。

“你也可以这样说。15年前,我还是一个拙笨的学生……”

肖夫人略为停停,愿意给对方说点恭维话的机会。但年轻人正在暗暗计算她在学校里呆的时间。

“你看,”肖夫人继续说,“我那时只知道玩,身上有一种叫什么自然美的东西,但却有两个年轻人同时爱上了我。到现在我也搞不清楚他们为什么会爱上我。”

年轻人似乎已横下心不说任何恭维的话,但也没有流露出丝毫烦躁的神色,虽然一直在考虑如何将谈话引到有意义的话题上去。他太固执了,怎么也不肯迎逢。

“两个人当中,一个是穷得叮当响的学艺术的学生,”肖夫人说,“他是个浪漫可爱的青年。他没有从商的本领,也没有亲戚朋友的接济。但他爱我,我也爱他。另外一个是一位财力显赫的商人的儿子。他处世精明,看来前程未可限量。如果从体格这个角度去衡量,也可称得上健美。他也像那位学艺术的学生一样倾心于我。”

靠在扶手椅上的年轻人赶忙接过话茬儿,免得自己打哈欠。

“这选择是够难的。”他说。

“是的,要么是家中一贫如洗,生活凄苦,接触的尽是些蓬头垢面的人,但是这是罗曼蒂克的爱情,是真正的爱情,要么是住宅富丽堂皇,生活无忧无虑,服饰时髦,嘉宾盈门,还可到世界各地旅游,一切都应有尽有。……要是能两全其美就好了。”

肖夫人的声音渐渐变得有点感伤。

“我在犹豫不决的痛苦中煎熬了一年,始终想不出其他的办法。很清楚,我必须在两个人当中作出选择,但不管怎样,都难免是让人感到惋惜,最后。”肖夫人环视了一下她那曾为一家名叫《雅致居室》的杂志提供过不少照片的华丽客厅,“最后,我决定了。”

就在肖夫人要说出她如何选择的这相当戏剧的时刻,外面走进来一位仪表堂堂的先生,谈话被打断了。这位先生,不但像一位时装展览的模特儿,而且像一位名画的人物,他同这里的环境十分协调。他吻了一下肖夫人,肖夫人继而将年轻人介绍给她的丈夫。

他们在友好的气氛中谈了15分钟。肖先生说,他今天碰见了“可怜的老迪克·罗杰斯”,还借给他一些钱。

“你真好,亲爱的。”肖夫人漫不经心地说。

肖先生坐了一会儿就出去了。

“可怜的迪克·罗杰斯,”肖夫人喟叹道,“我料你会猜到了,那就是另外一个。我丈夫经常周济他。”

“令人钦佩。”年轻人略略地说,他想不出更好的回答。他该走了。

“我丈夫经常关照他的朋友,我不明白他哪来这么多时间,他工作够忙的。他给海军上将画的那幅肖像……”

“肖像?”年轻人十分惊讶,猛然从扶手上坐直了身子。

“是的,肖像。”肖夫人说,“哦,我没有说清楚吧?我丈夫是那位原来学艺术的穷学生。我们现在来喝点东西,怎么样?”

年轻人点点头,似乎不知该说什么才好。

赏情析理

这是当代英国微型小说中的精品。

小说十分的迷人,即使是对于一般读者也有着极强的吸引力,因为小说曲折的情节,因为小说结尾的出人意料。但作品更大的魅力则来自其主题的深刻。“选择”,这个也许老调的人生话题,在作者的笔下被演绎得具有极大的包容力与深刻的哲理性。用心品读,相信每一个读者都能从中感悟到一份属于自己的人生真谛。

小说题为“选择”,要准确解读这篇小说,无疑此为必由之径。然而,关于小说主题的争议,也正在于此。有人理解为:小说赞扬了肖夫人选择爱情的宝贵精神。此说,笔者以为流于肤浅。

这篇小说的主题到底是什么?

要洞悉其中的秘密,我认为必须紧扣一个矛盾:肖夫人选择了一个穷学生,最后却家财万贯,可她却不认为是"幸运",而强调"选择才是决定一切的",这是为什么?

她选择了穷人,却成了富人,这真是她的"选择"决定的?

这样一个"笨拙"的女人,她难道能预知自己买到了"潜力股"?

要探讨这个棘手的问题,我们必须换一个角度,先推测一下:她和肖先生究竟是怎么富起来的呢?

作者通过肖夫人的口,对此实际上早有暗示:"他没有从商的本领,也没有亲戚朋友的接济"。也就是说,作者否定了肖先生后来的富有的几种可能:既不是亲戚接济的,又不是当年就有的经商本领,当然也不是摸着彩票,继承了遗产之类"幸运"的原因。那么,就只有一个原因了:肖先生在后来的15年中,舍弃了艺术,而选择了世俗,学会了经商的本领。这绝不是主观的臆测,文中是有明示的——"他给海军上将画的那幅肖像"。肖先生画"肖像",而且是给"海军上将",短短的一句便揭示了他的财富玄机,他显然不再是当年那个"浪漫可爱""没有从商本领"的艺术青年了。

这正是罗伯特·库克的高明之处,这句话既引出了小说出人意料的结尾,又交付给广大的读者深入解读这篇《选择》主题的钥匙。

明白这一点,我们重新再来品味"选择才是决定一切的"这句话,便恍然大悟:肖夫人所说的,作者所要表现的其实是肖先生的"选择"——这个曾经浪漫的青年艺术家,因为爱情,最终选择了世俗,舍弃了艺术,学会了经商,聚敛了财富!这便是这篇小说所要表达的意旨。这句话背后隐伏的内涵,正是这部作品主题的丰厚之处,也正是这部作品真正迷人之处。

吾思吾悟

戏说人生

Part 4

风吹衣袖，月上西楼，昨夜的梦中，有苦有甜。戏说人生，几番尘世几番情……

戏中戏，迷中迷，戏路如流水，寻寻觅觅，冷冷清清，从始至终，一步一戏，一转身一变脸，一路百折千回，扑朔迷离。

真心自然流露，演绎逼真世情，举手投足都是精彩。缤纷表演互动心灵感应。辨真伪，明善恶，思真情……谁不希望皆大欢喜，谁不期望完美谢幕，只愿每个有梦的你明天不再有泪。

1. 梁山伯与祝英台（节选）

越　剧

知人论世

梁山伯与祝英台的故事是中国四大民间传说之一，故事叙述了梁山伯与祝英台悲剧性的爱情。目前已经有了电视剧、戏曲、电影、小提琴曲等多种艺术形式，特别是梁祝化蝶一场，感动了古往今来的无数痴情人。中国政府在2003年将梁祝传说申报联合国教科文组织设立的人类口头和非物质遗产代表作。2006年被列入第一批国家级非物质文化遗产名录。

本段节选自越剧《梁山伯与祝英台》第四场的十八相送，说的是祝英台顺利说服父母，乔装进入学堂，得遇才子梁山伯，英台为梁山伯才情所动，产生了爱慕之情；而梁山伯不知英台是女子，一直以贤弟相称，这样同窗三载，英台因为父母的催促，无奈离开学堂回家，梁山伯相送十八里。一路上英台多方暗示，但木讷的梁山伯仍然不知面前的“贤弟”竟是“贤妹”。两个人对话玑珠相应，情趣盎然。

经典再现

梁山伯与祝英台（节选）

第四场　十八相送

祝英台——祝家庄小姐，才华横溢，喜爱读书，有自己的主见和思想。

梁山伯——饱读诗书，儒雅多情，对英台痴情一片。

银心——祝英台的丫鬟，活泼。

四九——梁山伯的书童，天真无邪。

（途次）

幕后（合唱）：三载同窗情如海，山伯难舍祝英台。
相依相伴送下山，又向钱塘道上来。
（梁山伯、祝英台、四九、银心上）

祝英台(唱):书房门前一枝梅,树上百鸟对打对。
喜鹊满树喳喳叫,向你梁兄报喜来。
梁山伯(唱):弟兄两人下山来,门前喜鹊成双对。
从来喜鹊报喜信,恭喜贤弟一路平安把家归。
祝英台(白):梁兄请。
梁山伯(白):贤弟请。
祝英台(唱):出了城,过了关,但只见山上樵夫将柴砍。
梁山伯(唱):起早落夜多辛苦,打柴度日也很难。
祝英台(唱):他为何人把柴打?你为哪个送下山?
梁山伯(唱):他为妻子把柴打,我为你贤弟送下山。
祝英台(唱):过了一山又一山。
梁山伯(唱):前面到了凤凰山。
祝英台(唱):凤凰山上百花开。
梁山伯(唱):缺少芍药共牡丹。
祝英台(唱):梁兄若是爱牡丹,与我一同把家还。
我家有枝好牡丹,梁兄要摘也不难。
梁山伯(唱):你家牡丹虽然好,可惜是路远迢迢怎来攀!
祝英台(唱):青青荷叶清水塘,鸳鸯成对又成双。梁兄啊!英台若是女红妆,梁兄愿不愿配鸳鸯?
梁山伯(唱):配鸳鸯,配鸳鸯,可惜你,英台不是女红妆!
银　心(唱):前面到了一条河,
四　九(唱):漂来一对大白鹅,
祝英台(唱):雄的就在前面走,雌的后面叫哥哥。
梁山伯(唱):未曾看见鹅开口,哪有雌鹅叫雄鹅!
祝英台(唱):你不见雌鹅对你微微笑,她笑你梁兄真像呆头鹅!
梁山伯(唱):既然我是呆头鹅,从此莫叫我梁哥。(梁山伯生气,祝英台向之赔罪)
祝英台(白):梁兄……
银　心(唱):眼前一条独木桥。(梁山伯先上了桥)
梁山伯(白):贤弟,你快过来啊!
祝英台(唱):心又慌来胆又小。
梁山伯(唱):愚兄扶你过桥去。(梁山伯扶祝英台过桥,至桥中心)
祝英台(唱):你我好比牛郎织女渡鹊桥。(梁山伯扶祝英台下桥,四九、银心随之过桥)
幕后(合唱):过了河滩又一庄,庄内黄狗叫汪汪。
祝英台(唱):不咬前面男子汉,偏咬后面女红妆。

梁山伯(唱)：贤弟说话太荒唐，此地哪有女红妆？放大胆量莫惊慌，愚兄打犬你过庄。

祝英台(唱)：眼前还有一口井，不知井水多少深？(投石井中)

梁山伯(唱)：井水深浅不关情，还是赶路最要紧。(祝英台要梁山伯照影，遂相扶至井前视)

祝英台(唱)：你看井底两个影，一男一女笑盈盈。

梁山伯(唱)：愚兄明明是男子汉，你不该将我比女人！

幕后(合唱)：过一井来又一堂，前面到了观音堂。

梁山伯(唱)：观音堂，观音堂，送子观音坐上方。

祝英台(唱)：观音大士媒来做，来来来，我与你双双来拜堂。(拉梁山伯同跪)

梁山伯(唱)：贤弟越说越荒唐，两个男子怎拜堂？走吧！

幕后(合唱)：离了古庙往前走。

银　心(唱)：但见过来一头牛。

四　九(唱)：牧童骑在牛背上。

银　心(唱)：唱起山歌解忧愁。

祝英台(唱)：只可惜对牛弹琴牛不懂，可叹梁兄笨如牛。

梁山伯(唱)：非是愚兄动了怒，谁教你比来比去比着我！

祝英台(唱)：请梁兄，莫动火，小弟赔罪来认错。

梁山伯(白)：好了，快走吧。

祝英台(唱)：多承梁兄情义深，登山涉水送我行。
常言道送君千里终须别，请梁兄就此留步转回程。

梁山伯(唱)：与贤弟草桥结拜情义深，让愚兄送你到长亭。(双双又行)

幕后(合唱)：十八里相送到长亭，十八里相送到长亭。
(梁山伯、祝英台入亭坐，四九、银心在亭下休息。)

祝英台(唱)：你我鸿雁两分开。

梁山伯(唱)：问贤弟你还有何言来交代？

祝英台(唱)：我临别想问你一句话，问梁兄你家中可有妻房配？

梁山伯(唱)：你早知愚兄未婚配，今日相问又何来？

祝英台(唱)：若是你梁兄亲未定，小弟给你做大媒。

梁山伯(唱)：贤弟替我来做媒，未知千金哪一位？

祝英台(唱)：就是我家小九妹，不知梁兄可喜爱？

梁山伯(唱)：九妹今年有几岁？

祝英台(唱)：她与我同年——乃是双胞胎。

梁山伯(唱)：九妹与你可相像？

祝英台(唱)：她品貌就像我英台。

梁山伯(唱):未知仁伯肯不肯?
祝英台(唱):家父属我选英才。
梁山伯(唱):如此多谢贤弟来玉成。
祝英台(唱):梁兄你花轿早来抬。我约你,七巧之时……
梁山伯(白):噢,七巧之时,
祝英台(唱):……我家来。
幕后女声(合唱):临别依依难分开,心中想说千句话,万望你梁兄早点来。
(幕落)

赏情析理

《梁祝》细腻地呈现一段唯美彻骨、惊天动地的爱情。出身富裕人家的祝英台反抗传统社会对女子的不平等待遇和束缚,争取到与男孩子一同读书受教育的机会。继而挑战长久以来“门当户对”的观念,与同窗三年的平民子弟梁山伯相恋,为自己争取婚姻自由。然而,保守的年代却棒打鸳鸯两分离。但梁山伯与祝英台的情,终究感天动地!二人化成彩蝶翩翩飞舞,融入多彩、自由的天空,所经之处,花儿漫天开放。

梁祝的传说主要表现了古代人民对自由美好生活的向往,对婚姻自由的追求。它是民间文化的积淀,代表了民间文学中积极向上的部分。我们透过祝英台女扮男装所表现的反抗封建礼教的表层思想,能更深一步地把握到社会进步中要求男女平等、呼唤女权回归这一深层的民族潜意识。如果没有梁祝的悲剧,人们就不会认识到传统的包办婚姻制度的弱点和局限,就无法看到其他选择的可能性。传统的婚姻制度就将继续保持原样。

如果说梁祝婚姻被残酷葬送具有强烈的悲剧意义,那么它的“化蝶”结尾便富有积极意义。活着追求不到的东西,在死后继续“追求”,终于得到。“化蝶”的结局,正是日益厚积的冲击封建礼教的强烈社会心理的生动反映。千百年来,这种结局鼓舞着人们向一切顽固封建势力作顽强的抗争。

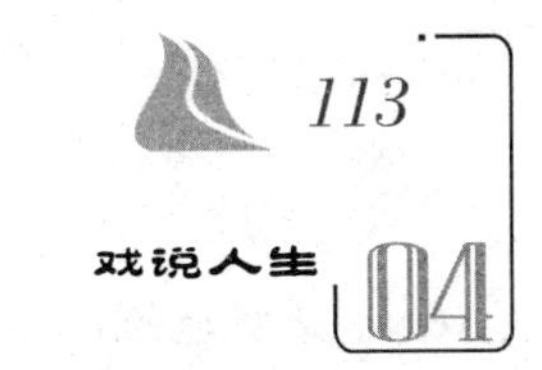

吾思吾悟

2. 牡丹亭·游园惊梦

汤显祖

知人论世

汤显祖(1550—1616),明朝人,字义仍,号若士、海若、清远道人,江西临川人。出身书香门第,为人耿直,敢于直言,一生不肯依附权贵,因此经常得罪人。他从小受王学左派的影响,结交被当时统治者视为异端的李贽等人,反程朱理学,肯定人欲,追求个性自由的思想对他影响很大。汤显祖是中国古代继关汉卿之后的又一位伟大的戏剧家。日本学者青木正儿将他和莎士比亚并称为东西方交相辉映的两颗明星。

全剧讲述了贫寒书生柳梦梅梦见在一座花园的梅树下立着一位佳人,说同他有姻缘之分,从此经常思念她。南安太守杜宝之女名丽娘,才貌端妍,从师陈最良读书。她由《诗经·关雎》章而伤春寻春,从花园回来后在昏昏睡梦中见一书生持半枝垂柳前来求爱,两人在牡丹亭畔幽会。杜丽娘从此愁闷消瘦,一病不起。她在弥留之际要求母亲把她葬在花园的梅树下,嘱咐丫环春香将其自画像藏在太湖石底。三年后,柳梦梅赴京应试,在太湖石下拾得杜丽娘画像,发现杜丽娘就是他梦中见到的佳人。杜丽娘魂游后园,和柳梦梅再度幽会。柳梦梅掘墓开棺,杜丽娘起死回生,两人结为夫妻,前往临安。杜丽娘的老师陈最良看到杜丽娘的坟墓被发掘,就告发柳梦梅盗墓之罪。柳梦梅在临安应试后,受杜丽娘之托,送家信传报还魂喜讯,结果被杜宝囚禁。发榜后,柳梦梅由阶下囚一变而为状元,但杜宝拒不承认女儿的婚事，强迫她离异，纠纷闹到皇帝面前，杜丽娘和柳梦梅二人终成眷属。

经典再现

牡丹亭·游园惊梦

游　园

（杜丽娘上）

杜丽娘：【绕地游】梦回莺啭，乱煞年光遍，人立小亭深院。

（春香上）

春　香：炷尽沉烟，抛残绣线，恁今春关情似去年。小姐。

杜丽娘：晓来望断梅关，宿妆残。

春　香：小姐，你侧着宜春髻子恰凭栏。

杜丽娘：剪不断，理还乱，闷无端。

春　香：小姐，已吩咐催花莺燕借春看。

杜丽娘：春香，可曾吩咐花郎，扫除花径么？

春　香：已吩咐过了。

杜丽娘：取镜台衣服过来。

春　香：晓得。云髻罢梳还对镜，罗衣欲换更添香。小姐，镜台衣服在此。

杜丽娘：放下。

春　香：是。

杜丽娘：好天气也！【步步娇】袅晴丝吹来闲庭院，摇漾春如线。停半晌整花钿，没揣菱花偷人半面，迤逗的彩云偏。步香闺怎便把全身现。

春　香：小姐。【醉扶归】你道翠生生出落的裙衫儿茜，艳晶晶花簪八宝钿。

杜丽娘：可知我一生儿爱好是天然？（二人同唱）恰三春好处无人见，不提防沉鱼落雁鸟惊喧，则怕的羞花闭月花愁颤。

春　香：来此已是花园门首，请小姐进去。

杜丽娘：进得园来，看画廊金粉半零星。

春　香：这是金鱼池。

杜丽娘：池馆苍苔一片青。

春　香：踏草怕泥新绣袜，惜花疼煞小金铃。

杜丽娘：春香。

春　香：小姐。

杜丽娘：不到园林，怎知春色如许？

春　香：便是。

杜丽娘、春香：【皂罗袍】原来姹紫嫣红开遍，似这般都付与断井颓垣。良辰美景奈何天，赏心乐事谁家院？朝飞暮卷，云霞翠轩，雨丝风片，烟波画船。锦屏人忒看的这韶光贱！

杜丽娘：【好姐姐】遍青山啼红了杜鹃，那荼蘼外烟丝醉软，那牡丹虽好，他春归怎占的先？闲凝眄兀生生燕语明如剪，听呖呖莺声溜的圆。

春　香：这园子委实观之不足。

杜丽娘：提他怎么？

春　香：留些余兴，明日再来耍子吧。

杜丽娘：有理。

【尾声】观之不足由他缱，便赏遍了十二亭台是枉然，倒不如兴尽回家闲过遣。

春　香：小姐，你身子乏了，歇息片时。我去看看老夫人再来。

杜丽娘：去去就来。

春　香：晓得。瓶插映山紫，炉添沉水香。

（杜丽娘、春香下）

惊　梦

（杜丽娘上）

杜丽娘：蓦地游春转，小试宜春面。春呵春！得和你两流连，春去如何遣？咳，恁般天气，好困人也！

【山坡羊】没乱里春情难遣，蓦地里怀人幽怨。则为俺生小婵娟，拣名门一例一例里神仙眷。甚良缘，把青春抛的远。俺的睡情谁见？则索要因循腼腆，想幽梦谁边，和春光暗流转。迁延，这衷怀哪处言？淹煎，泼残生除非问天。（杜丽娘入梦）

（花神引杜丽娘、柳梦梅上，相见）

柳梦梅：吓姐姐！小生哪一处不寻到，却在这里。恰好在花园内，折得垂柳半枝。姐姐，你既淹通诗书，何不作诗一首，以赏此柳枝乎？

杜丽娘：那生素昧平生，因何到此？

柳梦梅：姐姐，咱一片闲情，爱煞你哩！

【山桃红】则为你如花美眷，似水流年，是答儿闲寻遍，在幽闺自怜。姐姐，和你那答儿讲话去。

杜丽娘：哪里去？

柳梦梅：那！转过这芍药栏前，紧靠着湖山石边。和你把领扣儿松，衣带宽，袖梢儿揾着牙儿苫也。则待你忍耐温存一晌眠。（二人同唱）是那处曾相见？相看俨然，早难道好处相逢无一言。

（柳梦梅、杜丽娘下）

众花神：【画眉序】好景艳阳天。万紫千红尽开遍。满雕栏宝砌，云簇霞鲜。督春工珍护芳菲，免被那晓风吹颤，使佳人才子少系念，梦儿中也十分欢忭。

【滴溜子】湖山畔，湖山畔，云蒸霞焕。雕栏外，雕栏外，红翻翠骈。惹下蜂愁蝶恋，三生锦绣般非因梦幻。一阵香风，送到林园。及时的，及时的，去游春，莫迟慢。怕罡风，怕罡风，吹得了花零乱，辜负了好春光，徒唤枉然，徒唤了枉然。

【五般宜】一边儿燕喃喃软又甜，一边儿莺呖呖脆又圆。一边蝶飞舞，往来在花丛间。一边蜂儿逐趁，眼花缭乱。一边红桃呈艳，一边绿柳垂线。似这等万紫千红齐装点，大地上景物多灿烂！

（众花神下，杜丽娘、柳梦梅上）

柳梦梅：【山桃红】这一霎天留人便，草藉花眠，则把云鬟点，红松翠偏。见了你紧相偎，慢厮连，恨不得肉儿般和你团成片也。逗的个日下胭脂雨上鲜。（妙！）我欲去还留恋，相看俨然，早难道好处相逢无一言。姐姐，你身子乏了，将息片时，小生去也。正是，行来春色三分雨。

杜丽娘：秀才！

柳梦梅：在！妙吓！睡去巫山一片云。

（柳梦梅下，杜母上）

杜　母：夫婿坐黄堂，娇娃立绣窗。怪她裙钗上，花鸟绣双双。我儿原来昼眠在此。我儿！我儿！

杜丽娘：秀……

杜　母：儿吓！娘在此。

杜丽娘：原来是母亲。母亲万福。

杜　母：罢了。你方才说什么秀？

杜丽娘：呀，孩儿刺绣才罢。

杜　母：为何昼眠在此？

杜丽娘：告母亲知道，适才花园中游玩回来，不觉身子困倦，少睡片时。不知母亲到来，有失迎接，望母亲恕罪。

杜　母：怎么不到学堂中去看书？

杜丽娘：先生不在，且自消停。

杜　母：儿吓！花园冷静，少去闲游。

杜丽娘：谨依母亲慈训。

杜　母：女儿家长成了，就有许多情态。且自由她，我去了。正是，宛转随儿女。

杜丽娘：孩儿送母亲。

杜　母：罢了。辛勤做老娘。

（杜母下）

杜丽娘：娘吓！你叫孩儿看书，不知哪一种书，才消得我闷怀吓！

【绵搭絮】雨香云片，才到梦儿边，无奈高堂，唤醒纱窗睡不便。泼新鲜，俺的冷汗粘煎。闪的俺心悠步躭，意软鬟偏。不争多费尽神情，坐起谁欠，则待去眠。

【尾声】困春心，游赏倦，也不索香熏绣被眠。春吓！有心情那梦儿还去不远。

（杜丽娘下）

赏情析理

《牡丹亭》是一部爱情剧。少女杜丽娘长期深居闺阁中，接受封建伦理道德的熏陶，但仍免不了思春之情，梦中与书生柳梦梅幽会，后因情而死，死后与柳梦梅结婚，并最终还魂复生，与柳在人间结成夫妇。剧本通过杜丽娘和柳梦梅生死不渝的爱情，歌颂了男女青年在追求自由幸福的爱情生活上所作的不屈不挠的斗争，表达了挣脱封建牢笼、粉碎宋明理学枷锁、追求个性解放、向往理想生活的朦胧愿望。从内容来说，《牡丹亭》表现的还是古老的"爱欲与文明的冲突"这一主题。

《牡丹亭》的爱情描写，具有过去一些爱情剧所无法比拟的思想高度和时代特色。作者明确地把这种叛逆爱情当作思想解放、个性解放的一个突破口来表现，不再是停留在反对父母之命、媒妁之言这一狭隘含义之内。作者让剧中的青年男女为了爱情出生入死，除了浓厚的浪漫主义色彩之外，更重要的是赋予了爱情能战胜一切、超越生死的巨大力量。戏剧的崭新思想是通过崭新的人物形象来表现的。《牡丹亭》最突出的成就之一，无疑是塑造了杜丽娘这一人物形象，为中国文学人物画廊提供了一个光辉的形象。杜丽娘性格中最大的特点是在追求爱情过程中表现出来的坚定执着。她为情而死，为情而生。她的死，既是当时现实社会中青年女子追求爱情的真实结果，同时也是她超越现实束缚的一种手段。

吾思吾悟

3. 甄嬛传（节选）

电视剧本

知人论世

《甄嬛传》改编自流潋紫所著的同名小说。该剧由郑晓龙导演，流潋紫亲自编剧，孙俪、陈建斌、蔡少芬等人主演，北京电视艺术中心制作。

雍正元年，康熙帝驾崩，结束了血腥的九龙夺嫡。新的君主继位，国泰民安，政治清明，但在一片祥和的表象之下，一股暗流蠢蠢欲动。尤其后宫，华妃与皇后分庭抗礼，各方势力裹挟其中，凶险异常。皇太后为皇帝举办了其在位十三年间唯一的一次选秀。十七岁的甄嬛与好姐妹眉庄、陵容奉命参选，她抱着只不过来充个数的念头，因此薄施粉黛，只等皇上“撂牌子”让她落选。可命运却跟她开了个玩笑，皇帝偏相中了甄嬛的智慧、气节与端庄，再加上她是爱臣甄远道之女，于是把甄嬛留在了宫中，三姐妹一同入选后宫，都成为了皇帝的妃嫔。

该剧是一部宫廷情感大戏，讲述了甄嬛从一个不谙世事的单纯少女，成长为一个善于谋权的深宫妇人，凝结了千百年来无数后宫女子的缩影，是一部宫廷情感斗争戏，并注重描写“后宫女人”的真实情感。该剧于2012年3月开始在全国各大卫视热播。本段节选自电视剧《甄嬛传》第63集。

甄嬛传(节选)

皇　上:清世宗雍正帝
皇　后:乌拉那拉宜修
安　嫔:皇帝的妃嫔
温实初:太医院太医
静　白:甘露寺姑子
甄　嬛:熹贵妃
敬　妃:皇帝的妃嫔
祺贵人:皇帝的妃嫔
苏培盛:总管太监

(熹贵妃甄嬛自进宫以来一直深得皇上专宠,深宫争斗此起彼伏,新进宫的祺贵人因嫉妒甄嬛自甘露寺归来生下双生子地位步步高升,指使甄嬛父家侍婢彬儿、宫中宫女斐雯和甘露寺姑子静白诬陷甄嬛与太医温实初私通)

苏培盛:皇上驾到!

众贵妃(下跪):跪迎皇上,皇上万福金安!

皇　上(忧心忡忡站在门口直视皇后):出了什么事!这么乱哄哄的!

祺贵人(上前半跪):臣妾要告发熹贵妃私通,秽乱后宫。

(皇上环视四周,满脸愤怒,给了祺贵人一个响耳光)

皇　上:贱人!胡说!(祺贵人趴倒在地)

祺贵人(捂脸):臣妾以性命担保,所说句句实情。

皇　上(低头皱眉看着祺贵人):好,朕就听你一言,如有虚言,朕绝不轻饶!

祺贵人(理直气壮):臣妾有凭证证实,熹贵妃与温实初私通,皇上若不信,大可传甘露寺姑子细问,此刻人已在宫中。(鸦雀无声)

皇　上(走向龙椅):传!

苏培盛:传静白觐见!

静　白(单手举着走进,站着,边施礼):贫尼甘露寺静白,见过皇上,皇后娘娘,(甄嬛上下打量静白,静白转向甄嬛)熹贵妃安好,许久不见,不知熹贵妃还记得故人吗?

(甄嬛无动于衷冷眼旁观)

祺贵人(跪着朝后看静白):静白师父有什么话赶紧回了!也不耽误师父清修。

静　白(鞠躬):是,熹贵妃娘娘在甘露寺修行时(看了一眼甄嬛),宫中有一位年长的姑姑前来探望娘娘。除此之外,便只有一位姓温的太医常来探望,贫尼有几次经过娘娘的住处,见白日里娘娘的房门有时也掩着,而两个侍女都守在外头。贫尼当时看着深觉不妥,想劝解几句,反倒被娘娘骂了回来,贫尼便也不好再说什么了。后来为避寺中流言,熹贵妃称病搬离甘露寺,独自携了侍女住在凌云峰,从此之后是否还有往来,贫尼便不得知了。

祺贵人(扭头问静白):请问师父所说的温太医此刻可在殿中?

静　白(回头看向温实初):阿弥陀佛,便是眼前的这一位了(用手掌)。

(皇上闭眼深思玩弄佛珠,静白站到旁侧)

温实初:皇上,熹贵妃所居之地的确偏僻,但是有浣碧与槿汐二位姑姑为微臣作证,微臣与娘娘的确是清白的啊(磕头)。

祺贵人(扭头看着温太医):温太医当咱们都是傻子吗(扭过头)?谁不知道槿汐和浣碧是熹贵妃的心腹,他们的证词怎么可以做数?温实初与甄嬛自幼青梅竹马,入宫后二人眉目传情,待甄嬛出宫后,温实初私下探访,二人暗通款曲,甄嬛再设计去凌云峰独居,私相往来,如同做了夫妻一般,以致甄嬛回宫后,二人在大内也不顾廉耻,暗自苟且(瞪着甄嬛)。

(鸦雀无声一会)

皇　上(阴沉着脸看着甄嬛):你有没有?!

甄　嬛(哭丧着脸下跪看皇上):臣妾没有。

(皇上抬手示意甄嬛起身)

敬　妃:皇上,祺贵人与熹贵妃素来积怨甚深,只是找人串供,闹些文章罢了。温太医去熹贵妃殿里勤一些,那是尽他医家的本分,如若这样都被人说闲话,那我们这些都让温太医医治过的嫔妃岂不都要人人自危了。

皇　上(换个坐姿):罢了,朕相信熹贵妃(左右甩了几下佛珠)。

安　嫔:姐姐为皇上生有皇嗣,又在后宫操持大小事宜,没有功劳也有苦劳,皇上一定要彻查此事,才能让姐姐免受闲言碎语的困扰。

敬　妃:这会子到顾着姐妹情深了。

祺贵人(跪直):熹贵妃是有孕回宫,既在外头有孕,而温太医时常前去探望,那熹贵妃这胎……

温太医(急忙接话):按祺贵人之意,莫非说皇子和公主并非龙裔,事关江山社稷,祺贵人怎么可以胡乱揣测?皇上,万万不能听祺贵人的揣测啊!皇上(磕头)!

(众嫔妃窃窃私语)

皇　上(无奈):那你说怎么样才叫仔细?

皇　后(略有迟疑):只怕要滴血验亲。

(甄嬛瞪着皇后。皇上沉默不作声一会)

安　嫔:皇后娘娘说得有理,血相溶即为亲,就能还熹贵妃的清白了。

敬　妃(起身施礼):这法子断不可行,皇上乃万尊之躯,龙体怎可损伤。

安　嫔:皇上向来宠爱六阿哥,可若是不验,岂不是要把万里江山拱手让与他人。

甄　嬛(起身下跪,哭着):臣妾本以为与皇上情缘深重,谁知被疑心至此,情愿当初在凌云峰孤苦一生罢了。

皇　上(叹息):嬛嬛,只要一试,朕便可还你和孩子一个清白。

甄　嬛：皇上要试便是真疑心臣妾了(低头，哭)，既然皇上疑心臣妾与温太医有私，那六阿哥只要与温太医滴血验亲即可。

皇　上：苏培盛，去把六阿哥抱来。

苏培盛：嗻！(宫女端着工具，孩子呈上)

苏培盛：六阿哥弘瞻给皇上请安。(苏培盛扶起抱六阿哥的宫女，小心翼翼地刺了，孩子一直哭着，抱孩子退下，刺了温实初，皇上起身走到碗前，众嫔妃紧张)

安　嫔(捂嘴惊呼)：啊！溶了。

(皇上气极，大怒一声，猛甩佛珠，众嫔妃尖叫，甄嬛、皇后同时起身)

温实初(下跪)：皇上，这不可能，这绝对不可能啊，皇上！

皇　后(手指着甄嬛怒斥)：大胆甄嬛，还不跪下！

甄　嬛(理直气壮地站着)：臣妾无错，为何要跪？

皇　后(手指着碗)：血相溶者即为亲，你还有什么可辩驳(手指着甄嬛)？来人，剥去她的贵妃服制，打入冷宫，连同孽障一起给我扔出去，温实初即刻杖杀。

甄　嬛(大声吆喝)：谁敢！

(皇后与甄嬛同时看向皇上。皇上看向四周站起，看着每一个人绕场一周，看了半天碗，默默走向甄嬛，伸手捏着她的脸)

皇　上：朕待你不薄，你为何……为何要如此待朕？

敬　妃(满脸焦虑，走向皇上，手扶着皇上胳膊)：皇上，皇上……

皇　上(拂袖推倒敬妃，看着甄嬛)：你太叫朕失望了，(猛力把甄嬛推到碗前)你自己看！

甄　嬛(盯着碗看了一会)：这水，这水一定有问题，皇上，水有问题。

(甄嬛拉过苏培盛的手扎了一针滴血入碗中)

甄　嬛(大呼)：皇上，这水有问题，任何人的血滴进去都能相溶，皇上你来看，皇上。

(皇上走向前看着碗)

苏培盛：皇上，这不可能的，奴才是没根的人，温太医与六阿哥怎么可能是我的孩子呢？

温实初(用手指沾尝了一下碗中水)：皇上，水中有白矾，即使非亲生父子的血也可相溶。

甄　嬛(下跪，看着皇上)：皇上，此人居心之毒可以想见。

皇　上(看看众嫔妃，回位坐下)：为公允起见是皇后亲自准备的水。

(此时苏培盛去换了碗新水)

皇　后：臣妾准备的水绝对没问题。

皇　上：朕记得你颇通医术。

皇　后：臣妾若用此招，一不小心就被发现，岂非太过冒险，臣妾没那么愚蠢。

苏培盛(端来新水，宫女抱来孩子)：皇上，奴才去换了一碗干净的水，这碗水绝对没有问题。

皇　上（皱眉）：再验！

（小孩哭，被扎，温实初被扎）

苏培盛（端着碗给皇上）：皇上，请看！

（皇后瘫倒在地，皇上拂袖，苏培盛端碗退下）

皇　上（牵手拉起甄嬛）：嬛嬛，朕错怪你了。

甄　嬛（站起，哭丧着脸）：臣妾此生从此分明了。

赏情析理

电视剧《甄嬛传》借大清雍正后宫这个平台，细致解读了一段中华民族曾经的历史真实，深刻艺术地再现了千百年来封建皇权专制制度下后宫女人们的悲惨遭遇和命运，同时也是那个时代的妇女命运甚至人类命运的一个缩影，并由此角度出发深刻地揭示与批判了封建专制制度的内在弊病、不合情理与残酷无情；深刻揭示了以孔孟之道为代表的中国封建传统文化中的糟粕与阴暗面。

剧中各色人物有血有肉、活色生香。剧情内在逻辑丝丝入扣、细腻合理，自始至终剥茧抽丝、一脉相承，使观众不知不觉融入剧中，与剧中人物共享悲欢离合、爱恨情仇，在人物塑造和剧情创作上令人耳目一新，突破了传统后宫剧的人物塑造手法。剧中人物对话文艺腔调十足，语调不急不缓，口气不惊不乍，从容大方，古典诗词歌赋信手拈来却又恰到好处地满足了剧情需要而无任何人为斧凿雕琢的痕迹，彰显中华古典文化的深厚素养。被广大网友效仿的"甄嬛体"成为火爆的流行语。

这部电视剧突破传统套路，虽篇幅略长，但情节毫不拖沓。人物丰满，即使配角也很出彩。后宫乱花渐欲迷人眼的浮华生活背后，是每个女子心酸凄凉的悲情人生，看似完美的结局，却处处留有遗憾，这也更突显了剧情的真实性。

吾思吾悟

4. 罗密欧与朱丽叶（节选）

莎士比亚

知人论世

文学巨匠莎士比亚于公元1564年4月23日生于英格兰沃里克郡斯特拉福镇，欧洲文艺复兴时期人文主义文学的集大成者，英国伟大的戏剧家及诗人。代表作有四大悲剧《哈姆雷特》《奥赛罗》《李尔王》《麦克白》；四大喜剧《第十二夜》《仲夏夜之梦》《威尼斯商人》《无事生非》；历史剧《亨利四世》《亨利五世》《理查三世》等。还写过154首十四行诗，2首长诗。他是“英国戏剧之父”，本·琼生称他为“时代的灵魂”，马克思称他为“人类最伟大的天才之一”。他亦被称为“人类文学奥林匹斯山上的宙斯”。虽然莎士比亚只用英文写作，但他却是世界著名作家。他的大部分作品都已被译成多种文字，其剧作也在许多国家上演。1616年4月3日病逝。

《罗密欧与朱丽叶》是莎士比亚著名戏剧作品之一，故事讲述在维洛那小城里，凯普莱特和蒙太古是这座城市的两大家族。这两大家族有世仇，经常械斗。蒙太古家有个儿子叫罗密欧，17岁，品学端庄，是个大家都很喜欢的小伙子。可他喜欢上了一个不喜欢他的女孩罗萨兰，当听说罗萨兰会去凯普莱特家的宴会后，他决定潜入宴会场。而他的朋友为了让罗密欧找一个新的女孩而放弃罗萨兰，和罗密欧为了各自的目的戴上面具，一起混进了宴会场。于是，在这次宴会上，罗密欧被凯普莱特家的独生女儿朱丽叶深深吸引住了，两人一见钟情。当两人知道对方身份后，为了在一起，朱丽叶先服假毒，醒来发现罗密欧自尽，也随即自尽。

经典再现

罗密欧与朱丽叶（节选）

（第二幕　第二场 同前。凯普莱特家的花园）

（罗密欧上）

罗密欧：没有受过伤的才会讥笑别人身上的创痕。（朱丽叶自上方窗户中出现）轻声！那边窗子里亮起来的是什么光？那就是东方，朱丽叶就是太阳！起来吧，美丽的太阳！赶走那妒忌的月亮，她因为她的女弟子比她美得多，已

经气得面色惨白了。既然她这样妒忌着你，你不要忠于她吧；脱下她给你的这一身惨绿色的贞女的道服，它是只配给愚人穿的。那是我的意中人；啊！那是我的爱；唉，但愿她知道我在爱着她！她欲言又止，可是她的眼睛已经道出了她的心事。待我去回答她吧；不，我不要太鲁莽，她不是对我说话。天上两颗最灿烂的星，因为有事他去，请求她的眼睛替代它们在空中闪耀。要是她的眼睛变成了天上的星，天上的星变成了她的眼睛，那便怎样呢？她脸上的光辉会掩盖了星星的明亮，正像灯光在朝阳下黯然失色一样；在天上的她的眼睛，会在太空中大放光明，使鸟儿误认为黑夜已经过去而唱出它们的歌声。瞧！她用纤手托住了脸，那姿态是多么美妙！啊，但愿我是那一只手上的手套，好让我亲一亲她脸上的香泽！

朱丽叶：唉！

罗密欧：她说话了。啊！再说下去吧，光明的天使！因为我在这夜色之中仰视着你，就像一个尘世的凡人，张大了出神的眼睛，瞻望着一个生着翅膀的天使，驾着白云缓缓地驰过了天空一样。

朱丽叶：罗密欧啊，罗密欧！为什么你偏偏是罗密欧呢？否认你的父亲，抛弃你的姓名吧；也许你不愿意这样做，那么只要你宣誓做我的爱人，我也不愿再姓凯普莱特了。

罗密欧：（旁白）我是继续听下去呢，还是现在就对她说话？

朱丽叶：只有你的名字才是我的仇敌；你即使不姓蒙太古，仍然是这样的一个你。姓不姓蒙太古又有什么关系呢？它又不是手，又不是脚，又不是手臂，又不是脸，又不是身体上任何其他的部分。啊！换一个姓名吧！姓名本来是没有意义的；我们叫作玫瑰的这一种花，要是换了个名字，它的香味还是同样的芬芳；罗密欧要是换了别的名字，他的可爱的完美也绝不会有丝毫改变。罗密欧，抛弃了你的名字吧；我愿意把我整个的心灵，赔偿你这一个身外的空名。

罗密欧：那么我就听你的话，你只要称我为爱人，我就重新受洗，重新命名；从今以后，永远不再叫罗密欧了。

朱丽叶：你是什么人，在黑夜里躲躲闪闪地偷听人家的话？

罗密欧：我没法告诉你我叫什么名字。敬爱的神明，我痛恨我自己的名字，因为它是你的仇敌；要是把它写在纸上，我一定把这几个字撕成粉碎。

朱丽叶：我的耳朵里还没有灌进从你嘴里吐出来的一百个字，可是我认识你的声音。你不是罗密欧，蒙太古家里的人吗？

罗密欧：不是，美人，要是你不喜欢这两个名字。

朱丽叶：告诉我，你怎么会到这儿来，为什么到这儿来？花园的墙这么高，是不容易爬上来的；要是我家里的人瞧见你在这儿，他们一定不让你活命。

罗密欧：我借着爱的轻翼飞过园墙，因为砖石的墙垣是不能把爱情阻隔的；爱情的力量所能够做到的事，它都会冒险尝试，所以我不怕你家里人的干涉。

朱丽叶：要是他们瞧见了你，一定会把你杀死的。

罗密欧：唉！你的眼睛比他们二十柄刀剑还厉害；只要你用温柔的眼光看着我，他们就不能伤害我的身体。

朱丽叶：我怎么也不愿让他们瞧见你在这儿。

罗密欧：朦胧的夜色可以替我遮过他们的眼睛。只要你爱我，就让他们瞧见我吧；与其因为得不到你的爱情而在这世上捱命，还不如在仇人的刀剑下丧生。

朱丽叶：谁叫你找到这儿来的？

罗密欧：爱情怂恿我探听出这一个地方；他替我出主意，我借给他眼睛。我不会操舟驾舵，可是倘使你在辽远辽远的海滨，我也会冒着风波寻访你这颗珍宝。

朱丽叶：幸亏黑夜替我罩上了一重面幕，否则为了我刚才被你听去的话，你一定可以看见我脸上羞愧的红晕。我真想遵守礼法，否认已经说过的言语，可是这些虚文俗礼，现在只好一切置之不顾了！你爱我吗？我知道你一定会说“是的”。我也一定会相信你的话。可是也许你起的誓只是一个谎，人家说，对于恋人们的寒盟背信，天神是一笑置之的。温柔的罗密欧啊！你要是真的爱我，就请你诚意告诉我；你要是嫌我太容易降心相从，我也会堆起怒容，装出倔强的神气，拒绝你的好意，好让你向我婉转求情，否则我是无论如何不会拒绝你的。俊秀的蒙太古啊，我真的太痴心了，所以也许你会觉得我的举动有点轻浮。可是相信我，朋友，总有一天你会知道我的忠心远胜过那些善于矜持作态的人。我必须承认，倘不是你乘我不备的时候偷听去了我的真情的表白，我一定会更加矜持一点的。所以原谅我吧，是黑夜泄漏了我心底的秘密，不要把我的允诺看作无耻的轻狂。

罗密欧：姑娘，凭着这一轮皎洁的月亮，它的银光涂染着这些果树的梢端，我发誓——

朱丽叶：啊！不要指着月亮起誓，它是变化无常的，每个月都有盈亏圆缺。你要是指着它起誓，也许你的爱情也会像它一样无常。

罗密欧：那么我指着什么起誓呢？

朱丽叶：不用起誓吧。或者要是你愿意的话，就凭着你优美的自身起誓，那是我所崇拜的偶像，我一定会相信你的。

罗密欧：要是我的出自深心的爱情——

朱丽叶：好，别起誓啦。我虽然喜欢你，却不喜欢今天晚上的密约；它太仓促、太轻率、太出人意外了，正像一闪电光，等不及人家开一声口，已经消隐了下去。好人，再会吧！这一朵爱的蓓蕾，靠着夏天的暖风的吹拂，也许会在我们下次相见的时候，开出鲜艳的花来。晚安，晚安！但愿恬静的安息同样降临到你我两人的心头！

罗密欧：啊！你就这样离我而去，不给我一点满足吗？

朱丽叶：你今夜还要什么满足呢？

罗密欧：你还没有把你的爱情的忠实的盟誓跟我交换。

朱丽叶：在你没有要求以前，我已经把我的爱给了你了。可是我倒愿意重新给你。

罗密欧：你要把它收回去吗？为什么呢，爱人？

朱丽叶：为了表示我的慷慨，我要把它重新给你。可是我只愿意要我已有的东西：我的慷慨像海一样浩渺，我的爱情也像海一样深沉；我给你的越多，我自己也越是富有，因为这两者都是没有穷尽的。（乳媪在内呼唤）我听见里面有人在叫。亲爱的，再会吧！——就来了，好奶妈！——亲爱的蒙太古，愿你不要负心。再等一会儿，我就会来的。（自上方下）

罗密欧：幸福的，幸福的夜啊！我怕我只是在晚上做了一个梦，这样美满的事不会是真实的。

（朱丽叶自上方重上）

朱丽叶：亲爱的罗密欧，再说三句话，我们真的要再会了。要是你的爱情的确是光明正大，你的目的是在于婚姻，那么明天我会叫一个人到你的地方来，请你叫他带一个信给我，告诉我你愿意在什么地方、什么时候举行婚礼，我就会把我的整个命运交托给你，把你当作我的主人，跟随你到天涯海角。

乳　媪：（在内）小姐！

朱丽叶：就来。——可是你要是没有诚意，那么我请求你——

乳　媪：（在内）小姐！

朱丽叶：等一等，我来了。——停止你的求爱，让我一个人独自伤心吧。明天我就叫人来看你。

罗密欧：凭着我的灵魂——

朱丽叶：一千次的晚安！（自上方下）

罗密欧：晚上没有你的光，我只有一千次的心伤！恋爱的人去赴他情人的约会，像一个放学归来的儿童。可是当他和情人分别的时候，却像上学去一般满脸懊丧。（退后）

（朱丽叶自上方重上）

朱丽叶：嘘！罗密欧！嘘！唉！我希望我会发出呼鹰的声音，招这只鹰儿回来。我不能高声说话，否则我要让我的喊声传进厄科的洞穴，让她的无形的喉咙因为反复叫喊着我的罗密欧的名字而变成嘶哑。

罗密欧：那是我的灵魂在叫喊着我的名字。恋人的声音在晚间多么清婉，听上去就像最柔和的音乐！

朱丽叶：罗密欧！

罗密欧：我的爱！

朱丽叶：明天我应该在什么时候叫人来看你？

罗密欧：就在九点钟吧。

朱丽叶：我一定不失信。挨到那个时候，该有二十年那么长久！我记不起为什么要叫你回来了。

罗密欧：让我站在这儿，等你记起了告诉我。

朱丽叶：你这样站在我的面前，我一心想着多么爱跟你在一块儿，一定永远记不起来了。

罗密欧：那么我就永远等在这儿，让你永远记不起来，忘记除了这里以外还有什么家。

朱丽叶：天快要亮了，我希望你快去。可是我就好比一个淘气的女孩子像放松一个囚犯似的让她心爱的鸟儿暂时跳出她的掌心，又用一根丝线把它拉了回来，爱的私心使她不愿意给它自由。

罗密欧：我但愿我是你的鸟儿。

朱丽叶：好人，我也但愿这样。可是我怕你会死在我的过分的爱抚里。晚安！晚安！离别是这样甜蜜的凄清，我真要向你道晚安直到天明！（下）

罗密欧：但愿睡眠合上你的眼睛！
但愿平静安息我的心灵！
我如今要去向神父求教，
把今宵的艳遇诉他知晓。（下）

赏情析理

《罗密欧与朱丽叶》通过波澜起伏的戏剧冲突，众多性格鲜明的人物形象，优美抒情的人物语言，描绘了一场惊心动魄的爱情悲剧。罗密欧与朱丽叶的生死恋情，惊天地而泣鬼神，这种纯洁、高尚、悲壮的爱情，使无数世俗的爱情黯然失色。

罗密欧真诚，勇敢，有文化，有能力，有一颗博爱之心。他追求一种自主、自由、美好的爱情生活，哪怕是“错爱”了仇人的女儿，也毫不退缩。朱丽叶是一个贵族小姐，她勇敢、坚强、智慧，她冲破大家族的重重束缚，大胆地爱上了罗密欧，并把自己的一生托付给了情人，为了实现她的美好爱情，她几次用智谋骗过父亲，冒着生命危险服下安眠药。她把爱情看得和生命同等重要。罗密欧与朱丽叶的悲惨结局使双方的家长看到了世仇的惨重代价，在亲王的主持下言归于好。凯普莱特和蒙太古两位封建家长，代表了陈腐没落的封建思想和传统，他们心胸狭窄、武断专横，无视青年人的自由和爱情，酿成了家族之间的仇恨和冲突，给所在的城市带来了动乱，又自食其果失掉了自己的儿女。而罗密欧与朱丽叶，则代表了一种新的人文主义思想，他们同封建思想和传统作着勇敢、机智的斗争，尽管斗争的结局是一场悲剧，但换来的却是人文主义精神的胜利和弘扬，我们在悲剧中感受到的是莎士比亚那澎湃的激情、高昂的斗志和崇高的理想。

吾思吾悟

5. 泰坦尼克号（节选）

电视剧本

知人论世

1912 年 4 月 14 日凌晨，人类有史以来最庞大、最豪华的邮轮，号称“永不沉没”的泰坦尼克号在处女航中不幸撞遇冰山，永眠于北大西洋冰冷的海底。

电影《泰坦尼克号》，一部史诗爱情片，再现了当年的情景，演绎了一出惊天动地的爱情故事。电影由詹姆斯·卡梅隆执导，莱昂纳多·迪卡普里奥、凯特·温斯莱特主演。该片根据真实海难改编而成，宏大的场面，经典的剧情，恢宏的主题，上映以来经久不衰。电影于 1997 年 12 月 19 日正式在全球各地上映，获得第 70 届奥斯卡金像奖最佳影片奖、最佳导演奖等11项大奖。

本片是第一部票房突破10亿美元大关的电影，全球票房收入达18亿美元。2012年4月4日《泰坦尼克号》3D版上映，赚入3.436亿美元，总票房收入达到21.8亿美元，成为电影史上第二部票房破20亿美元的电影。

泰坦尼克号(节选)

露丝——女主人公　　杰克——男主人公

贝勒斯——神父　　莫莉——泰坦尼克号的船客

希勒斯——泰坦尼克号的船员　　罗尔——一艘救生艇的指挥

沉　没

（船身倾斜得越来越厉害，船头部分开始插入水里。露丝和杰克向船尾逃去）

贝勒斯神父：上帝与人同在。

（杰克和露丝来到船尾，挤在众人当中，紧拽着栏杆。两天前也是在同一个地方，杰克把露丝救回船上）

露丝：杰克，我们是在这儿初次相遇的。

贝勒斯神父：上帝将擦去他们所有的眼泪，不再有死亡，也不再有悲伤、生死离别，不再有痛苦。因往事已矣……

（船不断地倾斜，突然间，船体断裂，早已灌满海水的船一直往下沉，船尾朝天，迅速地竖了起来。人们纷纷坠落水里，杰克和露丝爬到船栏外面，借助船栏支撑着没有掉下去。他们伏在那儿，眼看着上百人掉落水中）

杰克：船下沉后会吸我们入海，我喊时，你深吸一口气，要不停地踏水浮上海面，要不停地踏水。不要放开我的手，我们不会有事的。露丝，相信我。

露丝：我听你的。

杰克：准备好了吗？预备，吸气！

（船迅速下沉，很快就被海水吞没了。不到一会儿，冰冻刺骨的海面上挤满了数以百计的叫喊挣扎的人，他们惊惶地拍打着水。露丝和杰克在水下分开了）

露丝：杰克！杰克！杰克！

（杰克也浮上了水面，一个惊恐万状地挣扎着的男人将露丝摁倒水下，想爬到她上面）

露丝：杰克！杰克！

杰克：露丝！放开她！放开她！（杰克游过

去，朝男子猛打几拳，帮助露丝脱了身）露丝，游动啊！露丝，你要不停地游！（他们游离了人群）

杰克：不停地游！

露丝：海水很冷。

杰克：游啊，露丝！不停地游。快游，到这儿，快，这儿。爬上去。（他拉来一块木板）来，露丝，爬上去。（她挣扎着爬上去，杰克接着也想爬上去，但木板倾倒，两人都掉了下来）趴在上面，露丝，趴在那儿。（露丝又一次爬上了木板，杰克紧紧地抓着木板，尽量使上半身露出水面）

露丝：杰克！

杰克：现在我们没事了，没事了。
（一声哨声响起）

男人：把救生艇连接起来！

杰克：露丝，救生艇会回来救我们的。再坚持一会。他们得先划离漩涡，然后就会回来就我们的。

落水的乘客：救命！救救我们！

希勒斯和莫莉的救生艇

希勒斯：你们不知道，如果划回去的话，他们会没命地抢船，会把船拉沉的。肯定是这样的！

莫　莉：别说了，你在吓唬我。来，姑娘们，抓紧桨，我们划回去。（没人动）

希勒斯：你疯了？我们是在北大西洋中央漂浮。你们这帮人是要死，还是要活？

莫　莉：我真不明白你们。你们这是怎么了？那是你们的亲人。这儿还有很多的空位！

希勒斯：要是你再不闭嘴就把你抛入大海！

在另一艘救生艇上

水手：掌好舵！

罗尔：现在把你们的桨拿过来，把这两只船绑在一起，一定要绑好绑稳。就这样！大家听我说，我们要划回去。我要把这只艇上的女人转移到那只艇上，尽快行动！

水手：请尽快！

罗尔：腾空一些地方。快向两头移动！

我 答 应

海 上

（泰坦尼克号起航后的第四天，它正行驶在北大西洋冰冷的海面上。突然，瞭望员发现了一座冰山。泰坦尼克号突然转弯，紧贴着高出海面100英尺的巨大冰墙擦过去。泰坦尼克号正在急速下沉。不到一会，海面上挤满了数以百计的人。杰克和露丝漂浮在水

面上。杰克双手支在露丝的木板上）

露丝：安静下来了。

杰克：还有几分钟，他们就能把救生艇连接好……我不知道你怎么打算，但我想给白星航运公司写封措辞强烈的投诉信来投诉这件事。

露丝：杰克，我爱你。

杰克：别，别那样。不要说再见。还不是时候。你明白吗？

露丝：我觉得很冷。

杰克：听我说，露丝。你一定能脱险的。你要活下去，生许多孩子，看着他们长大。你会安享高年，安息在温暖的床上。而不是今晚在这里，不是像这样死去。你明白吗？

露丝：我全身失去知觉了。

杰克：赢得船票是我一生中最幸福的事。让我认识了你。感谢苍天，露丝，我是那么地感激它！你要帮我个忙。答应我活下去……无论发生了什么……无论多么令人绝望……永不放弃。答应我，露丝，千万别忘了。

露丝：我答应你。

杰克：别忘了。

露丝：我不会忘的，杰克，我不会忘的。

（她握住他的手，两人脸贴着脸。四周一片静谧，只有海浪轻拍的声音）

救生艇上

（救生艇在布满泰坦尼克号的残骸碎片的海面搜寻着生还者，电筒的光束如探照灯般晃过海面，救生艇上的人先看到的是乘客的行李，接着，漂浮的尸体进入视野，冻僵的尸体套在救生衣里，随着海水上下波动。由于尸体太多，船员们无法挥桨。桨碰着浮尸的头颅）

船员：长官，向前！

船员：举桨！

罗尔：有没有看到生还者？

船员：没有，长官。没有看到生还者。

罗尔：查一查！递支桨给我！我一定要细查！

船员：这些人都死了，长官。

罗尔：开一条路，慢慢向前，当心你的桨，别碰着他们。还有人生还吗？有没有人听到？还有人生还吗？我们来晚了……继续查找！继续查找！还有人生还吗？有没有人听到？

海　面

（杰克和露丝漂浮在漆黑的海面上，动也不动。露丝低声地唱着歌，那是他们在船上初吻时杰克唱过的）

露丝："约瑟芬，坐上飞机。她高飞，一直飞。噢，约瑟芬，坐上飞机……"

（露丝看到救生艇时，她已是奄奄一息了。电筒灯光晃过水面朝露丝毫无动静的身体照了照，得不到反应，于是开走了。露丝碰碰杰克的肩膀，他没有反应，于是把他的脸转过来。杰克的脸上冻着一层白霜）

露丝：杰克，杰克，有船，杰克。杰克？杰克！杰克！船来了，杰克，杰克。

（她看着似是睡着的杰克，明白他已经死了。她绝望地低泣起来。突然间，她记起了杰克的话）

露丝：（对着船的方向）回来！回来！回来！

罗尔：喂！有没有人听到！

船员：没人，长官。

（救生员搜寻落水者，没有发现任何动静，便驾船离去）

露丝　回来！回来！（对杰克）我答应你，我会活下去。

（她松开杰克的手，他渐渐在水中消失。露丝滚下木板，在冰冷的水里向大副的尸体游去，大副冻僵的手中握着一个哨子。露丝抓过哨子，用尽全身的力气猛吹。罗尔听到哨声，调转船头，向露丝的方向划去。露丝获救）

尾　声

"凯迪"号打捞船

老露丝　泰坦尼克号沉没时，有一千五百人落水。周围，有二十只救生艇，只有一只回过头来。只有一只。包括我在内，有六人从海里被救回。后来，在救生艇上的七百人只有等待……等待死亡，等待获救，等待永远无法救免的心灵愧疚。

赏情析理

1912 年 4 月 10 日，被称为"世界工业史上的奇迹"的"泰坦尼克号"从英国的南安普顿出发驶往美国纽约。富家少女露丝与母亲及未婚夫卡尔一道上船，而不羁的少年画家杰克靠在码头上的一场赌博赢到了船票。露丝早就看出卡尔是个十足的势利小人，从心底里不愿嫁给他，甚至打算投海自尽。关键时刻，杰克一把抱住了少女露丝，两个年轻人由此相识。然而，惨绝人寰的悲剧即将上演，"泰坦尼克号"撞上了冰山。船上一片混乱，在危急之中，人类本性中的善良与丑恶、高贵与卑劣更加分明。最终，杰克把生存的机会让给了爱人露丝，自己则在冰海中被冻死。

死亡与爱情一直是文学艺术中永恒不变的主题之一。在茫茫无边、波浪滚滚的大海上，"泰坦尼克号"与冰山相撞，冰冷的海水一下子涌入船舱。死亡也一下子摆在了每个人的面前。求生的本能暴露出每个人的本性。有人为此疯狂，有人怯弱不堪，当然也有人变得愈发聪明勇敢。不论以何种心态何种方式去与死神相抗衡，在一团漆黑的夜幕下，在冰冷的海水中，一切都是那么渺小，甚至带有几分凄凉。

影片没有仅仅拘泥于简单的生死，而是把沉船事件放在突出的层面予以凸现，两个多小时的沉船经过，是影片主题思想寄托的客体。虽然没有过分血淋淋的场面，但从一片混乱中还是不难体会到直面生死的残酷性。在芸芸众生为了生存而尽显人性之弱的同时，影片也在不起眼的时候，以一些细小入微的细节表现了人性的一些优点。这种人性的精华，影片并没有单一地处理，而是把它放在一片混乱的大环境下来烘托。这种背景最易打动观众的心，因为人性天生具有可怜弱者的特性。况且，这是人类的悲剧！

导演詹姆斯·卡梅隆在评价自己的这部影片时说："我拍这部电影的目的不仅在于表现这艘声名狼藉的船的戏剧性的毁灭，而且在于展示她的短暂的、灿烂辉煌的一生，捕获泰坦尼克号和她的乘客及全体工作人员的美、活力、希望和信心，以及在揭示人类黑暗面的过程中，颂扬人类精神的无限潜力。泰坦尼克号不只是一个警告性的故事——一个关于人类的不幸的神话、寓言和隐喻，它还是一个关于信念、勇气、牺牲和爱情的故事。"

泰坦尼克号的沉没，是20世纪初的一场悲剧，影片却以真实的史实加上虚构的爱情故事，将泰坦尼号起航不到5天中的爱情、友情和灾难呈现在世人面前，它告诉了我们一个真理：我们要珍惜生命。

吾思吾悟